REALIDADE

Realidade

Tordesilhas é um selo da Alaúde Editora Ltda, empresa do Grupo Editorial Alta Books (Starlin Alta Editora e Consultoria LTDA)

ISBN: 978-65-5568-101-7

Translated from Swedish original Verkligheten. Copyright © 2022 by John Ajvide Lindqvist. ISBN 978-91-7775-218-9. This edition is published by arrangement with Nordin Agency AB, Sweden. PORTUGUESE language edition published by Starlin Alta Editora e Consultoria Eireli, Copyright © 2024 by Starlin Alta Editora e Consultoria Eireli.

Impresso no Brasil — 1ª Edição, 2024 — Edição revisada conforme o Acordo Ortográfico da Língua Portuguesa de 2009.

Dados Internacionais de Catalogação na Publicação (CIP)
(Câmara Brasileira do Livro, SP, Brasil)

Lindqvist, John Ajvide
Realidade / John Ajvide Lindqvist. --
Rio de Janeiro : Tordesilhas, 2024.

Título original: Verkligheten.
ISBN 978-65-5568-101-7

1. Ficção sueca I. Título.

24-200437 CDD-839.73

Índices para catálogo sistemático:

1. Ficção : Literatura sueca 839.73

Tábata Alves da Silva - Bibliotecária - CRB-8/9253

Produção Editorial: Grupo Editorial Alta Books
Diretor Editorial: Anderson Vieira
Editor da obra: Rodrigo de Faria e Silva
Vendas Governamentais: Cristiane Mutüs
Gerência Comercial: Claudio Lima
Gerência Marketing: Andréa Guatiello

Produtora Editorial: Caroline David
Tradução: Guilherme Braga
Copidesque: Helena Hilden
Revisão: Vinicius Barreto
Diagramação: Rita Motta

ALTA BOOKS
GRUPO EDITORIAL

Rua Viúva Cláudio, 291 — Bairro Industrial do Jacaré
CEP: 20.970-031 — Rio de Janeiro (RJ)
Tels.: (21) 3278-8069 / 3278-8419
www.altabooks.com.br — altabooks@altabooks.com.br
Ouvidoria: ouvidoria@altabooks.com.br

Editora **afiliada à:**

JOHN AJVIDE
LINDQVIST

REALIDADE

Tradução de Guilherme Braga

TORDSILHAS
Rio de Janeiro, 2024

Outros livros de
John Ajvide Lindqvist

A maldição de Domarö
Deixa ela entrar
Gentileza
Melodia do mal
Mortos entre vivos

Para Ingemar Haglund
Em nome da preservação da realidade
por meio de jogos e brincadeiras.

Human puppets could not conceive of themselves as being puppets at all, not when they are fixed with a consciousness that excites in them the unshakable sense of being singled out from all other objects in creation. [Bonecos humanos não poderiam conceber a si mesmos como bonecos – não quando estão limitados por uma consciência que os leva a ter a sensação constante de existir num mundo à parte de todos os outros objetos da criação.]

Thomas Ligotti – *The conspiracy against the human race.*

Ingen ved, hvordan man gør / Så Lad os øve os på hinanden.
[Ninguém sabe como se faz / Então vamos
experimentar um no outro.]

Fyr og flamme – "Øve os på hinanden"

09:32

Viro o rosto para mostrar meu melhor ângulo em relação à luz do sol que entra pela janela. No parapeito, vejo uma mosca morta. Não, morta não. Ela está de costas, mexendo as patinhas finas como se tentasse agarrar-se ao ar. Penso em me levantar para ajudá-la. Mas logo me lembro do cabo. Houve um problema técnico qualquer, e por isso precisamos usar um cabo hoje. Continuo sentada.

Quando mais um minuto se passa sem que terminem os ajustes, meu olhar é mais uma vez atraído para a mosca. Para aquelas patinhas finas. Bastaria um toque para trazê-la de volta à vida. Seria uma boa ação. Este poderia ser o motivo: uma boa ação. Um gesto que parece bom e indica que sou uma pessoa que se importa com os fracos e desamparados, mesmo que sejam apenas insetos.

Mas seria verdade? Os limites entre quem sou, quem imagino ser e quem eu gostaria de ser parecem mudar o tempo todo. Ou então deixaram de existir. Não, não é nada disso. Ainda existem zonas, regiões e coisas que não compartilho. Deve ser assim, não? Porém o meu engajamento com animais é bem-documentado, uma característica que imagino ter origem em mim. A essa altura já parei de pensar na mosca e voltei minha atenção para dentro.

Olho para as minhas mãos. Tenho rugas nas articulações dos dedos e uma cutícula solta no anular esquerdo. Eu nunca disse que sou perfeita. Mesmo assim, a cutícula solta me incomoda e enfeia o diamante na minha aliança de casamento. A cutícula e a mosca. Talvez eu devesse gritar por ajuda.

Ninguém percebe quando levo a mão esquerda à boca e, sem estragar o batom, prendo a cutícula solta com todo o cuidado entre os dentes. Mordo e puxo. Meu dedo arde e por um instante me sinto totalmente presente. Sinto o pedaço de cutícula fazer cócegas na minha língua e me desespero ao ouvir uma voz: *A pessoa está lá CUSPINDO?* Não é uma voz de verdade, mas pouco importa. Engulo a cutícula e viro o rosto para a frente outra vez.

Agora tudo parece estar no lugar e os ajustes terminaram. Um último acerto do refletor e a ordem de silêncio. O único som que se ouve no cômodo é um leve sopro, a respiração do cosmo. Olho para as minhas mãos. Uma pérola de sangue formou-se no ponto onde arranquei a cutícula, uma cabeça de alfinete que aos poucos cresce e estoura. Uma listra de sangue fina como uma linha de costura escorre por cima da unha. O efeito é realista ao extremo.

Alguém limpa a garganta e pergunta: "E então, qual é a sensação? Em relação ao lançamento?"

Viro-me um pouco em direção à oval do rosto que pergunta e digo: "É uma sensação muito boa. Muito emocionante mesmo."

Ao fim de mais umas perguntas, o corte está pronto. Recebo elogios. A maquiadora retoca o pó e me libera. Quando o meu olhar sente-se novamente atraído rumo ao parapeito, noto que a mosca sumiu.

09:39

O canal do YouTube da minha "filha" tem cerca de vinte vezes mais assinantes do que o meu. Temos públicos diferentes. Os vídeos de Alice falam sobre moda e maquiagem, enquanto eu faço vídeos de estilo de vida. Como não gosto do nome "influencer", me descrevo como "coach de lifestyle". Esse nome também me incomoda, porque não me representa, mas ainda assim foi o nome que estava disponível. O ideal seria me descrever apenas como "companheira".

E não me refiro a uma companheira no sentido de "ajudar" alguém. Associações que despertam sentimentos de consolo, ternura, compreensão. Conheço bem esses conceitos, mas quando uso a palavra "companheira" me refiro ao sentido de *uma pessoa no meio das outras.* Não há nada de especial em relação a mim. A não ser por *aquilo,* sou apenas uma pessoa que tenta viver a própria vida da melhor forma possível, entre o céu e a terra como todas as outras.

Hoje é um grande dia. Alice vem trabalhando há um ano com a Lancôme para desenvolver uma linha própria de maquiagem, chamada AliceW. Alice in Wonderland. Original. Hoje ao meio-dia é o lançamento, e Alice vai fazer uma live simultânea no Facebook, no Instagram e numa outra rede que já esqueci como se chama. A família toda está envolvida.

Durante o intervalo na gravação eu vou à cozinha tomar café. Não encontro a minha caneca. Procuro no armário e na máquina de lavar louça, mas a caneca não está em lugar nenhum. Chamo Sandra, a cenografista. "Sandra? Você por acaso não viu a minha caneca?"

Sandra chega na cozinha com um bloco na mão. Como a produção é relativamente simples, ela também trabalha com o roteiro ou com o *continuity* não sei das quantas. O trabalho dela é cuidar para que tudo esteja no devido lugar, e assim sejam evitados os erros de continuidade. Sandra olha ao redor e diz: "Que caneca?"

"A minha caneca de sempre."

"Hmm, como ela é?"

"Branca com um... você sabe, aquele símbolo preto da Nike."

"O swoosh?"

"É. O swoosh."

Sandra bate a caneta de leve contra os lábios enquanto pensa. Depois os olhos se arregalam e ela ergue um dedo no ar. "Ah, mas é claro! Foi o Peter que..."

"Que Peter?"

"O diretor técnico. Ele viu a caneca e, como não temos patrocínio da Nike, pediu que removessem ela daqui."

"Removessem ela daqui?"

"É, foi o que ele disse. 'Será que alguém pode remover essa caneca daqui?', e então alguém removeu."

"E removeu para onde?"

"Não faço ideia."

Largo o meu peso na cadeira da cozinha. Aquela caneca estava comigo desde a época do segundo grau, e era uma das coisas que eu tinha levado comigo quando saí de casa. A grossura é ideal, e a curvatura da borda se encaixa à perfeição nos meus lábios. Ou então são os meus lábios que com o passar dos anos se adequaram à curvatura. Mas aquela caneca é parte de mim, um dos muitos fragmentos a partir dos quais a minha identidade é construída, então eu digo: "Não."

"Não?"

"Não. Eu não aceito." Estendo o braço em direção à caneca do zoológico que Totte usou para tomar o café da manhã. "Olhe aqui." Em um dos lados a caneca ostenta a marca do zoológico, e em relação à asa a marca fica na mesma posição do logo na caneca da Nike. Faço uma demonstração com movimentos enfáticos. "Eu seguro a caneca sempre com a mão direita, e o que você vê nesse momento? Bem, o logo fica virado para mim, e portanto não aparece na filmagem."

"Mas pode ser que você a ponha na sua frente e então..."

"E então eu *giro* a caneca em meia volta? Por que eu faria uma coisa dessas?"

"Eu não sei, foi o Peter que..."

"Não aceito isso."

"Tuuudo bem. Mas o que isso significa?"

"Significa que não vamos continuar a filmagem enquanto a minha caneca não tiver aparecido."

Sandra olha para o relógio. "Olha, o nosso cronograma está bem apertado hoje..."

"Me desculpe, Sandra, mas eu estou me lixando. É a *minha* caneca e eu quero ela agora."

Sandra aperta os lábios e faz um gesto afirmativo com a cabeça. "Eu vou ver o quc posso fazer." Depois ela sai da cozinha.

Fico sentada junto à mesa olhando para as minhas mãos, para a unha onde o sangue ressecou e virou uma listra escura. Já sei qual é o tipo de conversa que vem a seguir. Vão dizer que Heidi Hallberg é uma cadela, que Heidi Hallberg quer *tudo do jeito dela.*

Mas eu preciso estabelecer limites, ora! É absolutamente necessário. Senão as pessoas vão se aproveitar de mim sempre que possível e me trazer cada vez mais problemas. Eu sei como as coisas se mexem na escuridão, como aparecem e desaparecem. Também sei o que se pretende, e por isso tenho que proteger a minha dignidade enquanto eu estiver presa nessa simulação.

9:53

Dez minutos depois Alice toma conhecimento do ocorrido e vai até a cozinha. Ela para na porta e olha para mim enquanto permaneço sentada junto à mesa com os ombros caídos.

"Sério, Heidi?", pergunta ela. "Sério?"

Endireito as costas, ponho os ombros no lugar e digo: "Sim, Alice, sério."

Alice olha ao redor para vez se não há ninguém filmando antes de puxar uma cadeira com um gesto brusco, jogar os longos cabelos para trás e dizer em voz baixa: "Você faz essas coisas só pra me sabotar, né?"

"Eu garanto que..."

"Eu sei que você tem inveja de mim porque eu tenho muito mais seguidores do que você e também porque tenho uma personagem mais popular, eu sei, mas..."

"Eu não me vejo como uma personagem."

Alice revira os olhos exatamente como o pai. Ela é a primeira filha de Totte, do primeiro casamento, e eu sou a madrasta má. Juntos, eu e Totte tivemos dois filhos, Berit e Gösta, e consequentemente para eles eu sou a mãe má. Dentro do possível, tentamos não envolver nenhum deles nos assuntos da série. Mas ainda assim eles sofrem provocações na escola.

"Você entende o que eu quero dizer", diz Alice enquanto começa a balançar um dos joelhos para cima e para baixo. "Todo mundo aqui está interpretando um papel, mas você se nega a interpretar o seu."

"Não é nada disso", respondo. "Assim que eu tiver a minha caneca de volta eu retomo as minhas tarefas normais."

"A sua caneca", diz Alice, balançando a cabeça com uma expressão desconfiada. "O que tem essa porcaria dessa caneca?"

"É minha. E só minha."

Alice suspira e passa um tempo com o olhar fixo na mesa. Quando torna a erguer a cabeça, os olhos dela se estreitam. "Isso não é quebra contratual?"

"É bem possível que seja", respondo. "Dê uma olhada. Talvez você possa me processar."

Alice permanece em silêncio, com os olhos fixos em mim. Depois é como se alguém passasse um pincel macio sobre o rosto dela. Os traços tornam-se mais delicados e ela ganha um ar suplicante quando diz: "Você sabe como esse lançamento é importante para mim."

"Claro. Eu sei."

"Então? Será que você não pode... simplesmente agir de um jeito legal?"

"Eu posso ser muito legal. É só eu ter a minha caneca de volta."

Alice expira pelo nariz e o rosto dela se crispa como um punho quando ela faz um gesto afirmativo com a cabeça sem dizer mais nada. "Você é louca de atar, sabia?"

"Não. Não sabia. Mas eu sei o que é real e o que não é real."

Alice se levanta e segura o encosto da cadeira. "Você percebe que fala como se fosse uma louca?" Com um gesto brusco, Alice empurra a cadeira, batendo secamente contra a mesa. Antes que ela possa sair eu digo: "Alice?"

Ela me encara, furiosa. "O quê?"

Faço um gesto com a mão que indica tudo: eu, ela, a cozinha e a conversa que acabamos de ter. "Isso teria dado uma boa cena."

Alice bufa, faz um gesto circular com o indicador na lateral da cabeça e se afasta a passos largos. Continuo sentada e penso em sondas inseridas nos diferentes orifícios do corpo. Depois sirvo café na caneca do zoológico e bebo.

10:02

Pouco depois o produtor chega para me atormentar com uma explicação detalhada sobre a impossibilidade de encontrar a minha caneca. No dia anterior a caneca tinha sido descartada com o lixo, que já fora recolhido. A produção tinha entrado em contato com a companhia de coleta de lixo e recebido uma explicação segundo a qual mesmo que a caneca não tivesse sido esmagada no caminhão, encontrá-la seria como encontrar a proverbial agulha no palheiro. Simplesmente impossível.

"Não é impossível", respondo. "Uma outra caneca do mesmo tipo serve."

"Você quer dizer uma parecida, do mesmo tipo..."

"Não. Eu quero dizer idêntica. Mas não precisa ser a mesma."

O produtor esfrega os dedos na cabeça. "E onde diabos você acha que a gente pode encontrar uma?"

"Não é problema meu. Foram vocês que levaram a minha caneca. Eu quero ela de volta. Tanto quanto seja factível."

O produtor abre um sorriso amargo. *"Factível?* É assim que você chama o que está acontecendo?"

"Bom, não é impossível."

"Você entende que isso criou uma verdadeira crise na produção, certo? Essa porcaria de caneca?"

"Vocês não podem pegar as minhas coisas. Vocês já podem fazer quase tudo. Ao menos deixem as minhas coisas em paz."

"De repente parece que você se transformou numa *vítima.* Mas foi você mesma quem aceitou se envolver com isso tudo. Você assinou um contrato e está sendo paga."

"Será mesmo que eu assinei um contrato?"

Uma nuvem de insegurança surge nos olhos do produtor. "Claro que assinou!"

"Não para essa temporada."

Não estou querendo assustar ninguém. Estou apenas dizendo a verdade. Quando as filmagens da primeira temporada de *Em casa com os Hallberg* estavam começando, assinei um contrato de uma temporada e de mais duas temporadas adicionais caso a série desse certo. Aos poucos a série fez sucesso, e quando chegou a hora de gravar a quarta temporada as coisas aconteceram muito depressa. O novo filme de Totte estava prestes a estrear, e ao mesmo tempo havia também o lançamento de Alice, então tudo precisou ser resolvido em poucas semanas.

O contrato foi enviado na semana passada. É bem provável que Totte, Alice e o namorado dela tenham assinado, mas eu não. A minha cópia ainda está no envelope, com a linha de assinatura em branco na última página, e em tese essa linha em branco representa um oceano de liberdade.

O produtor esfrega os olhos e diz: "Mesmo que fosse verdade... você quer mesmo sabotar toda a produção?"

"Não, não quero", respondo. "Eu quero a minha caneca." "Heidi, você parece uma criança mimada, sabia?"

"Uma criança doente mental, você quer dizer. Se formos juntar os diagnósticos."

Quando me deixam mais uma vez em paz eu continuo sentada e passo os dedos sobre as rachaduras na superfície da mesa antiga. Rachaduras. Essa é a questão. Há dias em que eu não consigo me convencer de que *aquilo* realmente aconteceu. E há dias como hoje, em que estou totalmente convencida e encontro sinais por toda parte. Como a mosca que desapareceu, ou mesmo a minha caneca. Rachaduras.

Aqui, sozinha comigo mesma, não preciso esconder a possibilidade concreta de que eu tenha perdido o juízo. É uma explicação bem mais plausível, mas não é a explicação que se oferece hoje. Hoje estou vendo as rachaduras.

10:07

Quando Totte entra na cozinha eu já terminei de ler os comentários do meu vídeo mais recente no YouTube. Quase todos eram elogios. Só uns poucos eram de ódio. Isto já não significa nada para mim. Receber as opiniões de outras pessoas é uma função automática que só executo porque faz parte.

"E aí", diz Totte, pegando uma maçã da fruteira. "Fiquei sabendo que você está grilada por causa duma xícara."

"Caneca. Aquela com o logo da Nike."

"Porra. Justo aquela. Você tem ela desde quando estudava em Hedenhös?"

"Exato. É por isso mesmo."

"Saquei."

Totte acena a cabeça e dá uma dentada na maçã vermelha. Sinto o impulso de avisá-lo, porque aquilo é uma maçã de porcelana e ele vai acabar estragando os dentes cuidadosamente alinhados. Mas as fileiras de dentes brancos e regulares atravessam a casca com um clique que logo vira uma sequência de estalos assim que ele arranca um pedaço grande. Os sons molhados e repetidos me levam a pensar em sexo, uma atividade à qual hoje raramente nos dedicamos.

Totte faz barulho ao engolir. Sem terminar de mastigar ele diz, ainda de boca cheia: "A Alice vai ter tipo uma crise nervosa."

"É. Já me explicaram com minúcia de detalhes."

Totte sorri. "Com minúcia de detalhes? Pare de falar como se você fosse um padre."

"Só quando o inferno congelar."

Eu tinha vinte e cinco anos quando conheci Totte, que na época tinha trinta e três. Depois de passar uns anos em cursos avulsos na universidade, eu trabalhava numa agência de publicidade. Ia frequentemente ao teatro, e como Torbjörn Hallberg fazia parte do elenco permanente do Dramaten eu já o tinha visto em diversas montagens. Quando num entardecer ele se aproximou de mim no Riche eu não me fiz de difícil.

Totte atribui muita importância ao fato de ter crescido ao lado da mãe solteira em Sundbyberg, ou "Sumpan", como ele diz. Ele já contou a história em várias entrevistas, e provavelmente no programa de verão também. Não o critico, porque entendo que deve mesmo ter sido difícil por vários motivos. Mesmo assim, parece haver um elemento artificial na maneira como se atém a certas expressões e a certos gestos que pretendem dar a entender que ele não seria acima de tudo um ator de prestígio, mas um cara bacana da vizinhança. Pega mal.

E além disso ele usa esse histórico para desenhar melhor a própria identidade em relação à minha. Mesmo quando as câmeras estão todas ligadas, Totte faz pouco caso da minha formação e da minha infância livre de problemas. Mas não é bem assim. Eu também venho do que se poderia chamar de uma família humilde. Bagarmossen e pais que trabalhavam no setor de serviços e quase sempre viviam com certa normalidade, mas também brigavam. Os meus oitenta pontos no curso de história das ideias dificilmente serviriam de qualificação para a Academia de Ciências, mas aos olhos de Totte eu sou uma *intelectual* — o que para ele é quase um xingamento.

Sei apreciar a companhia de Totte e penso que ele é um ator muito talentoso, mas esse complexo já causou diversos conflitos ao longo dos anos, e esse tipo de coisa não melhora nada com transmissões de TV e discussões públicas. Dito de maneira bem clara, muita gente acha que Totte é meio pancada, e essa percepção o levou a ser ainda mais agressivo em relação a pessoas que cheiram a intelectualismo. Outras pessoas, ou talvez as mesmas pessoas, me veem como uma vagabunda fria e falastrona que devia levar uns tapas para aprender a obedecer.

Totte examina a maçã pela metade enquanto os maxilares produzem os barulhos sexuais que saem de sua boca. "Aham", ele diz. "Então você tá pensando em pular fora do lançamento e dessa história toda?"

"Eu gostaria muito de participar do lançamento", respondi. "Desde que não filmem."

"Esta é justamente a questão."

"Mas o lançamento em si também é, não?"

"Não é a mesma coisa."

"Mas não é meio louco? A Alice vai fazer um lançamento ao vivo no Facebook e no Instagram, e depois a filmagem vai ser transmitida pela TV e depois a Alice vai fazer um clipe *disso* e colocar no Facebook e no Instagram, então é tipo um... círculo infinito."

Totte dá de ombros. "É assim que funciona hoje em dia." "Mas você não concorda que é meio louco?"

"Esse é o nosso ganha-pão, querida."

Fazia tempo que eu não me importava mais quando Totte encerrava uma frase com "querida" ou "amorzinho" dito em tom irônico, como se eu fosse uma burra em treinamento, um macaco de roupas. Sei que não é verdade. Mas assim mesmo é uma coisa que vai me enchendo aos poucos, gota a gota. Como nitroglicerina. Um dia talvez ocorra uma explosão.

Totte joga o resto da maçã no lixo orgânico e sai da cozinha com um resmungo que pode significar qualquer coisa. Eu o acompanho com os olhos, vejo a tatuagem de joaninha que ele tem na nuca. Sinto uma pontada de tristeza ao pensar que em outra época tudo parecia estar certo.

Eles me veem, eu sei que me veem. Pouco importa que as câmeras estejam desligadas. Eles me observam, me avaliam, me julgam. Nenhum movimento, nenhuma expressão passa despercebida. Pode ser que pareça uma paranoia, mas não é. Essa é a realidade.

10:15

Enquanto Sandra continua procurando a minha caneca, a produção realiza uma reunião de crise. Imagino que, se xingamentos tivessem um efeito prático, eu me desintegraria nesse exato momento, em vez de continuar sentada no sofá, folheando o primeiro diário de Lars Norén.

Há uma tranquilidade nessa monotonia maníaca e na interminável reforma da casa em Gotland, que Lars chama de "bela casa cinzenta". Mas eu nunca mais vou comer frango teriyaki; me dei por satisfeita com essa leitura.

É divertido, quando você para e pensa. Muita gente poderia dizer que, ao aparecer num programa como *Em casa com os Hallberg*, eu permito que as pessoas compartilhem das minhas coisas mais íntimas. E é verdade. Mas eu *jamais* deixaria que publicassem os meus diários. Os diários são meus e de ninguém mais, exatamente como a caneca. É uma questão de escolher o que mostrar, e suspeito que até mesmo Lars, como eu, de certa forma interpreta um papel. Para construir a figura de Lars Norén.

É preciso ter um detalhe em mente: quem assiste à nossa série pode ter a impressão de que estamos o tempo inteiro sendo observados, mas não é o que acontece. Todos os dias preparamos um cronograma que é repassado para a produção, e então decidimos o que deve ser filmado e o que pode funcionar como um arco narrativo realístico. A produção chega a nos dar sugestões de atividades que servem para tapar buracos narrativos ou aumentar a temperatura emocional.

Eu posso dar um exemplo. Na temporada anterior, Alice tiraria a carteira de habilitação. Totte queria acompanhá-la nos treinamentos, mas a produção insistiu em dizer que era eu quem devia fazer isso. Em parte eu sou uma motorista pior, e em parte a minha relação com Alice é meio complicada. E essas coisas dão audiência.

Lá pelas tantas Alice foi aprender a fazer baliza. Apesar das minhas advertências, ela entrou num ângulo muito fechado e arranhou outro carro. Foi um drama. Eu tive um surto e ela começou a chorar. Depois a temperatura subiu de verdade nas aulas seguintes, e esse "arco" foi um dos mais discutidos em jornais e mídias sociais. Isso dá boa audiência.

Só quando a temporada chegou ao fim descobri que tudo aquilo tinha sido planejado. O carro arranhado era um carro retocado do ferro-velho e Alice tinha batido de propósito, seguindo orientações da produção. Eu mesmo já tinha sido protagonista de outras situações fingidas, mas nunca me ocorreu que aquilo pudesse ser uma armação.

Às vezes eu me recuso. Na segunda temporada jantamos com um colega de Totte e com a namorada dele. A produção sugeriu que eu flertasse um pouco com o colega, para que Totte ficasse com ciúmes. Eu me recusei. Por mais idiota que pareça em vista do comportamento de Totte, eu sou irremediavelmente fiel e não me apresentaria como uma cadela no cio por nenhum motivo.

E o que aconteceu no fim? Claro, Totte começou a flertar com a namorada do colega! Uma garota atraente e burrinha, com peitos siliconados que ameaçavam saltar para fora do decote. O pior era que eu não sabia se aquilo era de verdade ou não, mas de qualquer forma Totte ouviu poucas e boas depois que os dois foram embora. Mais uma vez: boa audiência.

Permitam-me ir ainda mais longe. Enquanto xingava Totte, eu não sabia se estava brava de verdade ou se eu estava apenas reagindo conforme esperavam que eu reagisse. Pode soar estranho, mas na galeria de espelhos em que nos encontramos muitas vezes é difícil separar os sentimentos legítimos dos sentimentos fingidos.

E assim vivemos todos os dias. E agora Lars Norén derruba uma parede do celeiro, sem nenhuma necessidade. Pergunto-me se ele não teria feito isso apenas pelo efeito. O texto é bom.

10:25

Quando Sandra entra na sala, os olhos dela me dizem que andou chorando. Para que fique bem claro: eu não tenho nada contra Sandra. Muito pelo contrário. Ela é a faz-tudo da produção. Todas as tarefas e todos os problemas que não estão designados para uma pessoa específica tendem a acabar no colo de Sandra. Essa é a primeira grande produção em que ela trabalha, e por isso quer mostrar do que é capaz, apresentar-se como uma menina esforçada. Eu compreendo. Eu mesma terminei o segundo grau com notas máximas em tudo, exceto música.

Vejo a pele tensa e avermelhada sob os olhos de Sandra e por um instante penso em ceder. Simplesmente esquecer a história toda e voltar à brincadeira. Mas logo me endireito. Pouco mais de uma hora após o meu "Não", passei a sentir uma liberdade que eu não havia sentido em muitos anos. Claro que deve ser uma liberdade ilusória, mas assim mesmo sinto-me obrigada a aceitá-la.

Para a minha surpresa, Sandra diz: "Está resolvido". Pode ser então que as lágrimas tenham sido de alívio.

"Opa", digo. "Como?"

"Eu tenho uma conhecida que trabalha no Armazém Quatro, o depósito cenográfico da SVT. Ela procurou no banco de dados e descobriu que a emissora tem uma caneca idêntica. Esta aqui..."

Sandra pega o telefone celular e mostra uma foto que realmente parece ser de uma caneca idêntica àquela que sumiu.

Faço um gesto afirmativo com a cabeça. "Muito bem. Problema resolvido."

"Ótimo", diz Sandra, folheando seus papéis. "Podemos começar, então? A ideia era que você ajudasse a Alice enquanto ela se prepara para..."

"Claro", digo. "Assim que a caneca estiver comigo."

Sandra olha para a foto como se desejasse que o celular se transformasse numa impressora 3D e torna a mostrar a tela para mim. "Mas..."

"Sandra", digo com a voz calma. "Essa é a *foto* da caneca. Não é a caneca." Reconheço que foi um comentário meio filho da puta.

"Bem, mas você sabe que...", Sandra diz com uma nota de pânico na voz. "Essa é a foto do banco de dados. Eles ainda têm que fazer a solicitação, pegar a caneca..."

"Parece ótimo", digo, e então volto a minha atenção para o livro. Ouço Sandra fungar e sinto uma pontada no peito. Eu gostaria muito de ajudá-la, mas agora é a minha integridade que está jogo. Se eu não continuar firme, a desintegração pode realmente ocorrer. Posso me transformar num pó que seria levado por qualquer sopro de vento.

Sandra deixa a sala em silêncio, com passos desanimados. Em parte sinto como se eu devesse erguer os braços em triunfo, em parte me odeio. Ou melhor: "Heidi Hallberg" se odeia, enquanto Heidi Hallberg comemora. Não. Até mesmo esta última sente-se um pouco desprezível. Sorte minha que essas cenas não são filmadas.

Como se fizesse diferença! Na periferia do meu campo de visão, uma pequena aranha desce lentamente do teto num fio de teia. Sei que ela me vê, e mesmo que os processadores internos da aranha não sejam capazes de me analisar por completo, o fio deve ser um cabo de fibra óptica que leva a informação a outro lugar.

Claro que esse comentário deve ser entendido de forma metafórica. Ou não. Pensando melhor, no fundo é indiferente. A verdade é indivisível.

10:45

Devia ser uma solução de emergência, uma improvisação. Às quinze para as onze batem à porta. O produtor abre a porta às pressas e do outro lado está Rasmus, o namorado de Alice. Ouço o produtor agradecer-lhe pela disponibilidade de aparecer mesmo com o pedido em cima da hora para resolver a crise. Rasmus diz que não há problema nenhum.

Do sofá onde estou sentada imagino que certamente há um problema. Os movimentos de Rasmus são bruscos, e o olhar dele não para quieto enquanto ele tira a jaqueta. Rasmus me vê e ergue a mão em cumprimento. Cumprimento-o também de mão erguida, com o dorso da mão para fora, e faço um ou dois movimentos curtos. Ele não deve ter assistido *The Crown,* porque nem ao menos sorri. Rasmus sobe a escada para me substituir como saco de pancada para o lançamento de Alice.

Isto é complicado. Rasmus também tem um canal de YouTube focado em videogame e treinamento físico, e também nos ensinamentos que tem a oferecer do alto de seus dezenove anos. *Além disso* ele também tem um canal junto com Alice, que trata principalmente do relacionamento entre os dois, com altos e baixos e tudo mais. Eles têm até um Instagram conjunto.

Os dois estão juntos há pouco menos de um ano e meio. Ao começar o canal, os dois haviam tentado criar um nome estiloso para o casal, como Brangelina ou Kimye, mas os dois nomes pareciam difíceis de combinar. Rasice era parecido demais com "racista", e Almus parecia o nome de um grêmio estudantil em Lund. Alicmus parecia nome de produto químico, e Rasmuce soava masculino demais. Restou escolher entre "Alice e Rasmus" ou "Rasmus e Alice". Como ninguém queria desistir de aparecer em primeiro lugar, os dois resolveram o assunto no cara ou coroa — tudo foi exibido no *Em casa com os Hallberg* —, e Alice saiu vitoriosa.

Mas há um problema. Já foram feitas pesquisas com os espectadores dando notas para os fios narrativos e tipos de relação que julgam mais interessantes. Alice e Rasmus ficaram em último lugar. O relacionamento deles é visto como pouco verossímil, o que criou estresse para o jovem casal. As tentativas de filmar momentos românticos ou enviar declarações de amor pelo Instagram — onde mantêm contas separadas — são vistas como forçadas e artificiais, o que os leva a se esforçarem ainda mais num círculo vicioso.

Sinto um pouco de pena, porque acho que os dois realmente se gostam. Nas poucas vezes quando fazem coisas juntos, longe dos olhos da população da Suécia, eles parecem apreciar a companhia um do outro. Talvez se pudesse dizer que os dois funcionam bem como pessoas, mas não como modelos.

E talvez valha a pena dizer que o relacionamento que as pessoas julgam mais interessante é o que eu tenho com Alice. Por isso a ânsia para que eu participe desse grande dia. O meu relacionamento com Totte também aparece em uma posição alta na lista, enquanto o relacionamento entre Totte e Rasmus está mais para o fim. Mas ainda assim está na frente do relacionamento entre Alice e Rasmus, que é o patinho feio da série. Uma vez ouvi o produtor executivo dizer que o melhor seria que Rasmus sentisse ciúme ou então sofresse um acidente. A ideia soou meio como uma ameaça.

O estresse que Rasmus demonstrou agora há pouco é uma consequência de saber que no fundo as pessoas o rejeitam. Mais uma vez os espectadores vão ser expostos a uma história de amor em que não acreditam, em vez de assistir à excelente rivalidade entre a puma e a gatinha. A audiência vai ser ruim.

Estou prestes a colocar o livro de Norén de volta na estante, porém me detenho quando o meu olhar cai sobre a letra M. Os livros de Moa Martinson estão antes dos livros de Harry Martinson! Tudo bem, podem me chamar de anal ou de mesquinha, mas se tem uma coisa que eu sei fazer é manter a minha estante de livros organizada. A estante, que ocupa uma parede inteira da sala, pode ser chamada de "minha" porque Totte quando muito lê os romances de detetive em que vai participar.

Examino o resto da estante e descubro outras discrepâncias. Selma Lagerlöf antes de Pär Lagerkvist, Colleen McCullough depois de Ian McKellen (sim, eu li *Pássaros feridos,* pode me bater).

"Sandra!"

Sandra parece cansada quando entra na sala, como se houvesse trabalhado o dia inteiro, mesmo quando ainda faltam muitas horas para o fim do expediente. Ela mal consegue soar irônica quando diz: "Sim, Heidi. O que foi?"

"A estante de livros", digo, apontando. "Andaram mexendo aqui." Sandra olha para a estante e não parece ver nada fora de lugar, porque diz: "Por que você acha isso?"

"Porque os livros parecem ter sido ordenados por um analfabeto, ou pelo menos por uma pessoa que não conhece o alfabeto. Olhe aqui. *Moa* Martinson. *Harry* Martinson."

Sandra olha e aperta os olhos num esforço para entender. "Mas os dois sobrenomes são iguais. Como é que..."

"Aí você ordena pelo nome. Harry. Moa. Que letra vem antes?"

Os esforços matinais deviam ter causado um curto-circuito no cérebro da pobre Sandra. Sei que ela não é burra, mas os lábios dela começam a se mexer enquanto ela tenta resolver mentalmente o problema. Eu tento ajudá-la. "H vem antes de M no alfabeto, logo Harry não devia aparecer depois, certo?"

"Hmm... não."

"Não. Isso significa que alguém tirou os livros do lugar e depois os recolocou na ordem errada."

"Mas não pode ser que... você mesma tenha feito isso?"

Mesmo que eu goste de Sandra, não posso conter um olhar destruidor. Ela acaba de insinuar o equivalente a dizer que Bobby Fischer não sabe como um bispo se movimenta no jogo de xadrez. Sandra compreende o olhar, deixa os ombros caírem um centímetro e diz: "Tudo bem, Heidi. Eu vou ver o que houve."

10:52

Mais uma vez: Pode ser que eu dê a impressão de que Heidi Hallberg é uma megera totalmente mimada com escravos à disposição. Não há como evitar. Mas no fundo estou cansada de sentir a influência de forças além do meu controle em minha vida. Objetos são postos em armários e gavetas, eletrodomésticos e ferramentas mudam de lugar e panos de prato são trocados por motivos de cenografia e composição de cores, mas quase sempre essas coisas acontecem sem nenhum tipo de explicação. A perda de controle me leva a sentir que a realidade de fato escorre por entre os meus dedos. Às vezes preciso fincar os pés no chão.

Saio para o corredor. Basta que eu mexa nos guizos da coleira para que Titânia apareça correndo, escorregando no piso de madeira. O entusiasmo da poodle toy é tão grande que ela erra o cálculo, derrapa no assoalho de madeira lisa e começa a ganir depois de bater a cabeça na parede. Sempre achei que essa cachorrinha fosse meio burra, e esses acidentes constantes não me ajudam em nada a mudar de opinião.

"Vamos dar um passeio?", pergunto.

Titânia se levanta nas patas de trás e choraminga com a língua para fora da boca, em uma cena que não lembra em nada a rainha das fadas em *Sonho de uma noite de verão*. Coloco a coleira e saímos.

Gösta e Berit tinham passado mais de seis meses falando sobre ter um cachorro, e como em muitos outros casos a decisão final coube à produção. Foi durante as filmagens da terceira temporada. A audiência começou a mostrar uma tendência de queda no final da segunda temporada, e uma pesquisa mostrou que ideias como "meiguice" e "conforto" *não* eram relacionadas ao programa.

Disseram que Gösta e Berit deviam ganhar mais espaço. Não quero dar a impressão de que estou contando vantagem, mas os meus filhos são muito fofos. Certamente sete ou oito numa escala de fofura de um a dez. As invenções meigas de ambos poderiam melhorar a audiência do programa. Totte aceitou a ideia, mas eu não. Podem me chamar de antiquada, mas eu acho que as crianças não devem ser exploradas dessa forma, especialmente quando elas mesmas não querem. Sei que muitos influencers usam os próprios filhos para melhorar o produto, claro, mas eu não me considero uma influencer.

E assim o problema real se revela: por que *eu mesma* decidi transformar a nossa vida num reality show? Em breve vamos chegar a essa questão. Por ora estamos falando da Titânia.

Ao ter o acesso às crianças negado, a produção sugeriu que então arranjássemos um cachorro, e nessa hora seria muito difícil repetir a negativa. O programa precisava de uma injeção de fofura, e além disso temos que escolher nossas batalhas. Com a ideia de ensinar Gösta e Berit a serem mais responsáveis, fingimos dar ouvidos às súplicas que faziam e prometemos arranjar um cachorro se os dois se comprometessem a cuidar dele. Eles prometeram.

Fizemos pesquisas sobre diferentes raças e numa reunião de produção ficou decidido que o cachorro mais adequado seria um poodle toy. Eles são fofos, alegres e inteligentes. Jamais morderiam o rosto das crianças.

Titânia viria a ser a protagonista de um dos principais arcos da terceira temporada. Nossa pesquisa — falsa — sobre a raça mais apropriada, o contato com o criador, o primeiro encontro e por fim o transporte da cachorrinha de dez semanas numa cesta decorada comum laço cor-de-rosa que achei muito exagerado, mas a essa altura a produção já estava muito envolvida.

Por incrível que pareça, nós mesmos pudemos escolher o nome, e a ideia veio de Totte. Ele estava interpretando o papel do rei Oberon em *Sonho de uma noite de verão* e achou que a cachorrinha podia ter o mesmo nome da rainha das fadas. Sorte que ele não estava em uma montagem de *Otelo*. "Desdêmona" seria um nome muito pretensioso para uma cachorrinha. Mesmo assim, seria bem provável que passássemos a chamá-la de "Dessie", assim como Titânia virou "Titti". Titti e Totte, por favor.

Mas não me queixo. O fato é que eu sou a pessoa da família que mantém o melhor relacionamento com Titânia. Como seria de imaginar, Berit e Gösta perderam o interesse pela cachorrinha assim que passou o efeito da novidade. Claro, às vezes os dois ainda brincam com Titânia e a levam para dar um passeio, mas o grosso da responsabilidade foi transferido para mim.

Tudo bem. Eu gosto da companhia de Titânia, o que em boa parte se deve à minha convicção de que ela não se envolve com nenhum tipo de vigilância. Ela não passa de uma cachorrinha. Talvez uma cachorrinha meio biruta, mas assim mesmo uma cachorrinha. Não preciso me comportar de nenhuma forma especial na presença dela. Essa foi a história de como Titânia entrou em nossas vidas. Agora vamos.

10:55

Nossa casa fica em um belo local na beira da água no final da rua Tykö, em Lidingö, em boa medida graças ao dinheiro que Totte ganhou com os filmes americanos. Seis anos atrás, quando fizemos a compra, a casa estava bastante estragada e a ideia era que Totte passasse seis meses longe do teatro e do cinema para pôr a mão na massa junto comigo, uma vez que também levo jeito quando necessário. Um projeto conjunto e uma forma de reforçar nosso casamento.

Mas logo Totte recebeu um convite irrecusável para interpretar o vilão russo num filme americano razoavelmente grande. Ele teria bastante tempo de tela e ganharia muito dinheiro. Houve discussões e noites difíceis, mas por fim ele foi passar quatro meses em L.A. depois de contratar os obreiros. Eu fiquei sentada em casa com duas crianças pequenas, ouvindo os barulhos das pistolas de prego e respirando o pó de serragem. Nunca senti tanta vontade de me divorciar.

Mas aguentei firme, como eu quase sempre fazia, e Totte pôde voltar para uma casa totalmente reformada onde remendamos e consertamos o nosso casamento. O filme foi um fracasso de bilheteria, e foi o fim da carreira de Totte no cinema americano. Nas entrevistas, ele disse que havia dado as costas a Hollywood para ter mais tempo ao lado da família. É mentira. Se aparecesse um novo convite, ele sairia de casa na mesma hora, mas eu não o julgo. Pelo menos não abertamente.

Eu e Titânia fazemos nosso passeio habitual. Primeiro descemos pelo caminho até a orla d'água. É um domingo de maio e há muita gente na rua. Uma senhora para em frente a Titânia e arrisca um contato, que Titânia retribui com toda a animação possível.

"Que cachorrinha linda é essa, hein? Que cachorrinha linda é essa?", a mulher pergunta de maneira retórica, coçando Titânia atrás das orelhas enquanto ela põe a língua para fora de satisfação. Não sei por que as pessoas imaginam ter o direito de acariciar os cachorros dos outros dessa forma. Realmente não consigo entender. Minha integridade já sofre muitas outras provações.

A senhora endireita as costas, olha para mim, faz um gesto afirmativo de cabeça e diz em tom conspiratório: "Eu sei quem você é".

"Muito bem", digo. "Você deve saber melhor do que eu mesma."

Minha tentativa de ironia existencial passa longe quando a mulher bate as mãos e diz: "Foi *muuuito* engraçado quando vocês foram assar pão e a massa acabou voando janela afora!"

Reconheço que tenho um temperamento explosivo. Como a produção sabe que as pessoas adoram ver os meus fracassos, volta e meia acabo me envolvendo com tarefas para as quais não tenho o menor talento. Posso levar jeito suficiente para montar uma garagem de bicicleta na oficina de marcenaria, mas não me acerto com pães. Por isso mesmo foi decidido que eu surpreenderia o meu marido e os meus filhos com um pão quentinho.

O resultado foi aquele já mencionado. A porcaria da massa começou a grudar na tigela e nos meus dedos. Como uma sanguessuga do inferno, se prendeu em mim e não me largou mais. Aquilo grudou nas minhas roupas, nos meus cabelos e no chão quando se estendeu em fios a partir das minhas mãos, até que eu não vi mais nenhuma alternativa a não ser jogar aquela merda toda no jardim. Consegui até chorar umas lágrimas de frustração. Foi um enorme sucesso.

A senhora faz um último afago nas orelhas de Titânia, e de repente tenho uma revelação banal. É claro que ela sente como se tivesse o direito de acariciar a minha cachorra. Não sou nenhuma estranha: ela me *conhece* e sabe *exatamente* quem sou. Talvez imagine ser minha sócia, uma vez que todas as noites me vê presa no interior da telinha.

A senhora diz "Não desista" e passa a mão no meu rosto, como se confirmasse que pertenço a ela. Aquilo ultrapassa todos os limites. Eu afasto a cabeça e digo "Não me toque", e então puxo a guia e Titânia vem para junto de mim. A senhora parece irritada, e pode ser que tenhamos uma espectadora a menos.

Eu e Titânia continuamos pelo passeio até o píer Tykö, onde há pessoas reunidas. Parte dos olhares se fixa em mim. A humanidade se divide entre Expectadores e Não Expectadores. Eu acabo de encontrar um Expectador, e no píer há mais alguns. Pessoas que têm ideias a meu respeito e mal imaginam que eu exista na realidade. Mas de repente estou aqui. A famosa cachorrinha também é real, e precisa de sossego como qualquer outro cachorro não famoso. As pessoas olham. A diferença é que eu sei que tudo é fingido.

Continuamos para o campo entre as ruas Molna e Södra Kungs, onde solto a guia e deixo Titânia se movimentar à vontade. Mesmo sendo uma rotina, esse momento sempre causa uma certa confusão. Titânia não sabe o que fazer com a liberdade. Ela corre uns metros para cá, uns metros para lá, corre atrás da própria cauda e olha confusa para mim. Eu a entendo perfeitamente.

11:42

Quando volto para casa encontro uma intensa movimentação. Vários integrantes da produção estão reunidos na varanda. Ao me ver, Sandra entra depressa em casa. Eu mal consigo entrar e Göran, o produtor executivo, grita: "Por que você não levou o telefone?"

Dou de ombros. "Eu queria me desligar um pouco."

"Porra mas você precisa estar *acessível!*"

"Será?"

Göran revira os olhos. De todas as pessoas na equipe de produção, ele talvez seja quem mais sofre por minha causa. Afinal, é ele o responsável pela produção de *conteúdo,* e muitas vezes eu não me presto a oferecer o conteúdo que ele gostaria de espremer de mim como se eu fosse um tubo de pasta de dente. Mas eu não deixo, e assim as chances de uma úlcera aumentam cada vez mais para ele.

Sandra chega correndo na minha direção com um objeto nas mãos. "Aqui, aqui", ela resfolega. "Chegou há cinco minutos."

Examino a caneca que ela me entrega com tanta ansiedade que por pouco não a deixa cair. *Isso sim* seria um conteúdo de qualidade! A caneca de fato é idêntica à que foi perdida, a não ser pelo fato de que o logo está menos desbotado do que na minha. Eu a levo à boca e descubro que a sensação também é idêntica à da caneca original. Faço um gesto de aprovação.

"Ótimo", digo. "Assunto resolvido."

"Muito bem, muito bem, muito bem", diz Sandra, e as palavras dela quase atropelam umas às outras quando ela prossegue: "Será então que por favor, por favor podemos começar os preparativos para o lançamento? Estamos meia hora atrasados no cronograma e eu não tenho certeza, mas acho que não..."

"Você pode se encarregar da Titânia?", pergunto, e então ponho a guia nas mãos dela e entro em casa.

11:53

Depois que visto uma camiseta com uma estampa onde se lê "AliceW" em letras brilhosas, a maquiadora passa uma esponja de pó no meu rosto. Como esse é o programa de Alice eu não estou pintada para guerra: o pó serve apenas para que a minha pele não brilhe na tela.

O cinegrafista me acompanha ao longo do corredor, onde evito olhar para minha imagem no espelho. Tenho uma fama injusta de ser vaidosa. Na segunda temporada um editor de vídeo idiota decidiu que eu era vaidosa e começou a fazer cortes de todas as vezes em que eu me olhava numa superfície refletora. Mesmo que eu não me olhe no espelho com frequência maior do que qualquer outra pessoa, o DESTAQUE conferido a essas cenas fez com que eu parecesse muito preocupada com a minha aparência. Totte deve se olhar no espelho três vezes mais do que eu, e não vou nem falar de Alice.

Durante a gravação da primeira temporada, quando ainda não estava acostumada, eu não gostava que me filmassem pelas costas por medo de que minha bunda aparecesse rebolando na tela. Depois pude constatar que minha aparência era totalmente normal, e hoje em dia já não me importo mais. Em geral, seria correto dizer que a constante vigilância das câmeras me deixou *menos* vaidosa.

Começo a subir a escada em direção ao quarto de Alice no mesmo instante em que Rasmus surge no patamar, dispensado agora que a verdadeira estrela do programa teve a bondade de aparecer. Eu subo dois degraus, ele desce dois. Nossos olhares se encontram. Ele pisca os olhos e tropeça, e então cai sem jeito pela escada. Por instinto, me afasto quando ele cai de lado. A testa acerta um degrau e a seguir o corpo se dobra; ele dá uma cambalhota na diagonal com as pernas se debatendo e por fim se estatela de costas no chão no pé da escada. O braço está dobrado para trás do corpo, num ângulo que parece doloroso só de olhar.

Quando o alcanço, um corte na testa começa a sangrar. "Rasmus?", pergunto. "Rasmus, você está bem?" Ele abre os olhos e lança um olhar desorientado em minha direção. Uma tentativa de sorriso insinua-se nos lábios dele quando diz: "Eu caí".

Olho para cima e vejo que o cinegrafista continua filmando. Um fato atual repugnante: os serviços de emergência muitas vezes enfrentam dificuldades para chegar ao local de um acidente porque precisam abrir caminho no meio das pessoas filmando com telefones celulares. Não sei por que eu penso nisso.

Regra número um: *nunca* interaja com o cinegrafista. O simples ato de olhar para a câmera já é uma transgressão à regra, porque quebra a quarta parede. Em situações de entrevista até pode funcionar, mas no dia a dia a câmera deve ser tratada como um olho invisível que flutua por toda parte. Um fantasma.

Passos chegam por dois lados. Os de Sandra vêm da sala, os de Alice, da escada. Sandra chega primeiro e eu peço para ela buscar o estojo de primeiros socorros no banheiro. Os passos de Alice na escada são hesitantes e barulhentos, porque ela calça sapatos de salto alto.

"Que merda, Rasmus!", ela exclama. "O que foi?"

"O meu braço", ele geme. "Acho que... meu braço."

Rasmus faz uma careta de dor e, quando vejo o ângulo do braço, acho que ele tem razão. Sem dúvida está quebrado, talvez em mais de um ponto. O sangue que escorre da testa pinga no piso do corredor e se acumula numa poça que forma o desenho do swoosh. Eu pisco e o fenômeno cessa. É apenas uma poça de sangue que está sendo absorvido pela madeira e talvez deixe marcas para sempre.

Alice chega ao pé da escada e se agacha ao lado do namorado: "Que idiota!", diz ela em com jeito meigo. "Você tinha que fazer isso *justo agora?*"

"Me desculpe", diz Rasmus. "Me desculpe mesmo."

Passos apressados soam na escada. A diretora de gravação Malin raramente entra em cena, e por isso pode usar tênis. Ela também vai até Rasmus e o cinegrafista se afasta para manter todo o grupo no quadro.

"Alice", diz Malin. "Vamos começar daqui a três minutos."

"Como assim?", pergunta Alice. "O meu namorado sofreu um acidente quase fatal. Eu preciso..."

"Já temos mais de dez mil pessoas."

Malin se refere à quantidade de seguidores que já se conectaram ao Instagram à espera da live. O público da internet não tem muita paciência e não oferece nenhum tipo de garantia no que diz respeito à atenção. Qualquer atraso no início de uma transmissão pode ter um efeito devastador.

Levanto-me para dar espaço a Sandra, que volta com o estojo de primeiros socorros, me afasto o suficiente para sair do quadro e observo a cena que se desenrola à minha frente. O rapaz caído e as três mulheres que se amontoam ao redor dele. A cena como um todo lembra a Pietà com o Cristo recém-tirado da cruz nos braços das mulheres que choram a morte do cordeiro oferecido em sacrifício.

A ideia não é totalmente maluca. Eu vi que Rasmus caiu de propósito. Tomou coragem, deu o passo em falso e entregou o corpo à queda e à dor. Foi uma cena forte. O que não tenho como saber é em que medida ele fez tudo aquilo para chamar a atenção para si mesmo, ou se a queda não teria acontecido a pedido da produção, de maneira a salvar-lhe tanto o caráter como também a carreira. Não sei qual das alternativas seria a mais triste.

O olhar de Alice corre de um lado para o outro e ela rói as unhas bem-feitas. O esmalte lasca. Eu entendo aquele dilema. Ou ela deixa o namorado sangrando e parece não ter consideração — para não dizer coração —, ou perde milhares de seguidores e de clientes em potencial no Instagram.

Uma cena quase inacreditável acontece. Alice me encara com um olhar suplicante e pergunta: "Heidi, o que eu faço?"

Ela sabe que eu entendo o dilema. Apesar das nossas diferenças, eu sei que num plano mais profundo Alice respeita a minha inteligência. Faço um gesto para que ela se aproxime. Quando ela se levanta, eu a puxo e cochicho no ouvido dela: "Alice, independente do que você pense, a sua personagem é vista como uma carreirista sem nenhuma consideração pelos outros. Ninguém espera de você qualquer outra coisa além de deixar o Rasmus aqui. Pelo contrário: isso pode até servir para dar mais consistência à sua personagem."

Alice afasta o rosto, abre a boca e faz menção de protestar. Depois ela fecha a boca. Encara-me com um olhar tão infeliz e tão confuso que resolvo ajudar. Com o canto do olho, vejo que a câmera está apontada para nós duas, e então a seguro pelos ombros e digo em voz alta: "Alice, você trabalhou nisso durante meses. Faça o que você tem que fazer. Deixe que nós cuidamos do Rasmus."

Uma centelha de gratidão se acende nos olhos de Alice, porém logo o rosto dela se contorce em desespero e ela diz: "Mas Heidi, eu não posso deixar ele aqui! Eu preciso..."

Sacudo Alice e digo: "Vai, menina, vai! Você é mais útil lá do que aqui." Empurro-a em direção à escada e por fim digo: "Vai!"

Alice sobe dois degraus na escada, se vira e joga uns beijos para Rasmus. Com lágrimas nos olhos, ela sussurra: "Eu te amo".

"Eu também te amo", geme Rasmus enquanto Alice sobe fazendo barulho com os saltos para entrar na live de lançamento. Eu poderia vomitar, mas eu quase nunca vomito.

12:05

Dez minutos depois, Rasmus está com os curativos feitos e com o braço colocado numa tala provisória. Uma pessoa nova que não sei como se chama o ajuda a ir até o carro e o leva para a emergência do hospital Danderyd. O cinegrafista filma a partida do carro.

Me surpreendi ao agir como matriarca e aliviar a culpa de Alice, mas depois tentei compensar assumindo os cuidados com Rasmus. Apoiei a cabeça dele no meu colo sem me preocupar com o sangue que manchava minhas calças da Rodebjer. Acho que no fim consegui agir de maneira equilibrada, talvez até vantajosa.

Eu sei, eu sei, é uma tentativa doentia de equilíbrio, mas as pessoas precisam entender que é como viver na China, com inúmeras câmeras de reconhecimento facial que atribuem pontos positivos e negativos aos cidadãos. O saldo dessa conta decide a facilidade na vida de todos. Aqui é a mesma coisa. O reconhecimento facial é garantido, e a moeda que usamos em nossas transações é a popularidade. É isso que decide quantos patrocinadores temos, quais outros programas nos enviam convites e que tipo de publicidade é ofertada.

Acrescente-se o fato de que a queda de Rasmus deve ter sido encenada, provavelmente por iniciativa dele mesmo na tentativa de criar um efeito, e de repente parece menos estranho que eu, da mesma forma, leve em conta as vantagens e desvantagens da minha própria forma de agir. Será este o momento de fazer a constatação banal de que tudo não passa de teatro? Ora, podemos muito bem fazer isso. Acho que Rasmus vai ganhar bastante popularidade como resultado do "acidente". Pena que o braço dele esteja arrebentado para o resto da vida.

Atrás de um biombo na sala há um cabideiro onde penduramos roupas selecionadas dos patrocinadores. Tiro as calças ensanguentadas da Rodebjer que provavelmente estão arruinadas, mas não há problema. Elas também vieram de um patrocínio. Para dar uma mexida nas coisas, visto um par de calças de algodão, simples e soltas da Zara, uma marca barata com a qual não temos nenhum tipo de patrocínio. Mas as calças são bonitas.

Saio ao corredor junto com o cinegrafista, que entra depois de ter filmado a partida de Rasmus. Ele aponta para o chão. "Ei, Heidi. Será que você pode olhar para essa mancha de sangue?"

"Para ter um fecho na cena?"

"Exato."

O incidente com Rasmus provavelmente vai ser o tema de um arco dramático longo, com reabilitação, dificuldades para treinar, mimos de Alice e assim por diante, mas no interior desses arcos maiores também existem arcos pequenos — e o mini arco chamado "Rasmus cai da escada" também precisa de um final satisfatório. Imagino que a partir da cena do carro partindo devem fazer um corte direto para mim, no momento em que olho para o sangue espalhado pela madeira do assoalho. Para os espectadores, eu provavelmente estaria contemplando a imprevisibilidade e a fragilidade da vida.

Olho para a mancha marrom-avermelhada no chão, que tem a vaga forma de um olho, e penso que a fibra óptica que passa pelo canal lacrimal e liga-se ao nervo ótico deve ser incrivelmente fina.

Como seria possível mapear os milhões de dendritos no sistema nervoso periférico para obter uma conexão tão imperceptível? É vertiginoso pensar nessas coisas.

"Obrigado", diz o cinegrafista, e a seguir baixa a câmera. "Que calças são essas?"

"São da Zara", respondo, indo em direção à escada.

"A Malin liberou isso?"

"Claro."

Talvez pareça bem surpreendente que o cinegrafista faça comentários a respeito das minhas calças. Porém Oskar, o cinegrafista, faz jornada dupla como figurinista. Acho que além disso ele também é gay. Soa preconceituoso, eu sei, mas ele nunca olha para mim *daquele jeito* como os homens em geral me olham. Não lembro se já mencionei, mas eu sou muito atraente. Levando-se a idade em conta, eu me daria nota nove. Não é contar vantagem — estou apenas constatando um fato. Sendo assim, é bom ter um cinegrafista que não me olha através das lentes da sexualização da mulher. Viva Oskar!

Continuo subindo a escada. Quando chego na metade do caminho, paro e olho para o degrau onde Rasmus estava ao cair. O degrau é vários centímetros mais baixo do que os outros. Agacho-me até meus olhos ficarem no mesmo nível do degrau, e descubro que não é uma ilusão de óptica. O degrau é realmente mais baixo, e assim posso ter me equivocado em relação à queda de Rasmus. Lembro-me de que nossos olhares se encontraram, que a concentração dele não estava voltada para os pés. Pode ser que um dos pés não tenha encontrado apoio no local esperado, e assim ele tenha perdido o equilíbrio.

Mas quando isso aconteceu? Subi e desci a escada milhares de vezes e nunca percebi nenhuma diferença na altura dos degraus.

O próprio Rasmus também deve ter subido e descido a escada centenas de vezes a caminho do quarto de Alice. A discrepância não foi projetada pelo marceneiro, então quando aquilo pode ter acontecido? Bem, pelo visto é apenas mais um sinal que posso acrescentar na minha lista. Um sinal de que o verniz começa a rachar, pouco a pouco. Subo a escada e vou para o quarto da Alice.

12:11

Quando estendo a mão na direção da maçaneta, a porta abre e Totte sai. Ele ainda tem o sorriso de filmagem — ou melhor, o sorriso do Insta —, mas o sorriso desaparece assim que me vê. Não como um sinal de que não gosta do que vê, mas de que já não precisa mais parecer uma pessoa incrível. Afinal, conhecemos um ao outro.

Antes que Totte feche a porta, ouço Alice gritar: "Minha nossa como todo mundo está lindo!"

Totte coça a orelha e diz: "Essa linguagem... É como ter algodão doce enfiado goela abaixo."

Examino o rosto dele e pergunto: "Você está maquiado?" "Passei um creme só. Por quê?"

"Para estar bonito para as meninas de catorze anos?"

"Pare com isso. Você também tá maquiada, porra."

"É diferente. Você já começou com a paranoia da idade?"

Totte me encara. Ele parece oscilar entre a luz e a escuridão. Com um tilintar de prata que se reflete nos olhos de Totte, o prato da balança enfim pende para o lado iluminado. Totte me puxa e aperta o corpo contra o meu. O volume na virilha dele roça a minha barriga quando ele diz: "Se a gente estivesse a sós você ia ver só."

Levo a mão até o sexo dele e o seguro. Mas logo percebo que a forma parece errada, largo-o e digo: "Mas não estamos a sós".

Totte passa ao meu lado e diz: "Mas na próxima estaremos. Você vai ser só".

Abro um sorriso duro. Já faz mais de uma semana desde a última vez que Totte demonstrou interesse sexual, e eu devia sentir tesão, alívio ou pelo menos um pouco de apreciação. Mas não sinto nada disso. Não gosto nem um pouco da forma que senti entre os dedos, e me assusto com a ideia de receber aquilo em um dos orifícios do meu corpo.

Objetos distorcidos em forma de dildos em metal reluzente surgem no meu olho interior, e sinto-me tomada por repulsa e terror. Mas esse terror não é causado pela minha fantasia — não: é um medo de que tudo aquilo na verdade seja uma *lembrança.* Sacudo a cabeça, ajeito o cabelo atrás das orelhas e abro a porta do quarto de Alice.

12:14

Uma onda de calor perfumado me atinge. Uma decoradora ajeitou metade do quarto para a ocasião, e já não o reconheço. Tudo são matizes de cinza e bege, com detalhes em cores vivas como por exemplo o coração estilizado que decora a parede atrás de Alice. A parte do quarto que fica visível na perspectiva da webcam parece um cômodo retirado da revista *Residence,* enquanto o restante da casa se parece mais com a *Sköna hem.* "Simplicidade com classe", como a decoradora certa vez havia dito.

A outra metade do quarto tem o aspecto de sempre, mas está um pouco mais bagunçada porque lá estão guardadas as coisas que não devem ser vistas na versão *Residence.* Os bichos de pelúcia, as almofadas, as mantas, os suvenires de viagem, os livros de moda e design, cremes e mais cremes, alto-falantes Bluetooth e assim por diante. O aspecto geral é de um quarto esquizofrênico, e os troncos de árvore vistos no lado de fora da janela parecem uma cortina.

No canto, Lotta filma com a câmera no ombro. Alice recusa-se a ficar sozinha com um homem, e não aceita nem mesmo o tranquilo Oskar. Aos catorze anos ela sofreu assédio de um pedófilo da internet que a provocou e ameaçou até que ela enviasse fotos e vídeos fazendo coisas. Alice tem verdadeiro pânico de que esse material um dia caia na internet. Na darknet é possível imaginar que já circule.

Alice brigou consigo mesma em relação à maneira de abordar esse trauma no programa. Por um lado, ela ganharia um número muito considerável dos tão desejados pontos de empatia, mas por outro lado parte do público sairia em busca do material. Além disso, havia os homens que, à simples menção de um assédio, lançam-se à internet com inúmeros nomes falsos apenas para fazer *slut-shaming* da mulher agredida. Até hoje Alice resistiu.

Nesse momento ela está em frente ao monitor, onde aparece da cintura para cima. No campo à direita há uma torrente de emojis e manifestações de empolgação cheias de exclamações. Logo fora do quadro está o iPad de Alice, e nessa tela a administradora de rede dela repassa as perguntas e os comentários particularmente interessantes, porque é impossível prestar atenção aos seguidores e ao mesmo tempo ler tudo o que escrevem.

Quando entro no quarto, Alice se vira na cadeira e fica de frente para mim. Ela me joga um beijo e diz para si mesma no monitor: "Vejam quem chegou! A melhor Heidi do mundo!" A caixa de comentários rola ainda mais depressa enquanto as pessoas começam a fazer comentários sobre a minha presença. Não leio o que dizem.

No canto, Lotta se movimenta de lado, como um caranguejo, para me incluir no corte. Ela tem o rosto vermelho como se estivesse prendendo a respiração, e o pescoço dela brilha com o suor. Lotta faz um gesto em direção à cadeira logo atrás de Alice. Sento e pergunto: "Como você está?" "Ah, tá tudo ótimo! Todos estão sendo uns fofos. Eu gostaria de convidar todo mundo aqui para casa!"

Faço um gesto afirmativo e sorrio. Do ângulo em que estou sentada eu não vejo o rosto de Alice, então a acompanho pelo monitor, onde eu mesma também apareço como figurante. Essa imagem de nós duas é transmitida por cabos a dezenas de milhares de pessoas que nos assistem em *suas* pequenas telas. Essas pessoas nos julgam. Têm rostos.

"Ah, meu Deus!", Alice exclama. "Como está o Rasmus?" "Bem", digo. "Ele está... recebendo os cuidados necessários."

"Coitado do meu amor! Eu contei o que aconteceu e todo mundo ficou *muito* preocupado."

"É. Eu acho que ele..."

"Espere, chegou uma pergunta aqui." Alice se inclina para ler a pergunta no iPad. Ela perde contato visual com a webcam e por um segundo o rosto dela parece totalmente desprotegido. É um instante em que ela baixa a guarda e permite que sua verdadeira forma se revele. Se ao menos eu soubesse onde está a fresta, eu mesmo poderia enfiar as unhas e arrancar essa máscara.

"A hashtag babyblue pergunta se você sentiu medo.", diz Alice.

"Como assim?"

"Quando o Rasmus caiu."

Reflito sobre a minha resposta. Se nesse momento eu dissesse: "Não, achei até que foi divertido", então já teríamos garantido uma manchete quando a série fosse transmitida. Eu usaria dois ou três dias para me explicar. Nada mais. Como sou burra! A transmissão é *agora,* então as manchetes já apareceriam amanhã! Por um instante de vertigem, realmente acredito que vou fazer um comentário do tipo, como talvez: "Ele teve o que merecia", mas simplesmente não aguento, então me dou por satisfeita com: "É, foi um choque. Pobre Rasmus."

Alice acena a cabeça em direção à câmera e depois começa a responder internautas que perguntam se os produtos da AliceW são testados em animais, mas *não são,* claro, pelo amor de Deus, Alice diz que preferia se maquiar com canetinhas hidrocor a permitir que um animal fosse maltratado, e mesmo assim teriam que ser canetinhas hidrocor sem qualquer envolvimento de animais no processo de fabricação.

Lanço um olhar em direção a Lotta, que se encolhe de um jeito nada confortável para encontrar o melhor ângulo. Por que ela simplesmente não move os pés? Alguma coisa naquele rosto e naquela linguagem corporal me dizem que ela sente *medo.* Imagino perceber um movimento no escuro embaixo da cama e cada vez mais me convenço que tem alguém escondido lá. Um observador, ou ainda observadores. O círculo se repete *ad infinitum.* Lotta não quer se aproximar, e esse é o motivo para a movimentação esquisita.

A luz intensa do sol entra em diagonal pela janela, e na contraluz eu vejo as partículas de pó se movimentando no ar. A riqueza de detalhes é impressionante, mas assim mesmo parece haver um erro. O cérebro humano é inacreditável. Podemos olhar para uma foto bem manipulada e mesmo que não exista nenhum motivo racional para acharmos que é falsa, parte de nós *sabe* que é falsa.

O mesmo acontece com as partículas de pó que dançam no ar. Não posso apresentar nenhum motivo sensato, mas pressinto que há uma inconsistência esses movimentos, talvez em razão de uma entidade invisível que está presente no cômodo. Em suma: a respiração daquilo que se encontra sob a cama. Essa é *uma* das possibilidades.

"...você achou, Heidi?"

Alice me fez uma pergunta. Torno a olhar para ela e digo: "Como é?"

No monitor, Alice franze as sobrancelhas e repete: "Você experimentou o rímel de alta definição com cera de arroz modeladora. O que você achou?"

"Ah, ficou incrível, Alice. Como todos os outros produtos da sua linha."

Olho para Alice e noto que ela ficou insatisfeita com a resposta. Eu entendo por quê. Soou como o tipo de coisa que uma pessoa se vê obrigada a dizer quando tem uma arma apontada para a cabeça. Mas é mais ou menos assim mesmo que eu me sinto. Como se uma *ameaça indefinível* pairasse com força cada vez maior sobre o cômodo, e as paredes logo fossem ceder. Engulo em seco, me recomponho e digo com voz firme: "Eu gostei especialmente da maneira como você tem controle total sobre a aplicação, e assim pode facilmente definir o volume dependendo do efeito que você procura."

Alice ergue as sobrancelhas, suspira e diz: "O que a Heidi está querendo dizer é que ela adorou a forma como é fácil usar".

Emojis de risadas e aplausos começam a rolar na caixa de comentários. Tudo o que você diz soa do jeito errado. Eu *poderia* dizer que Alice foi maquiada pela maquiadora profissional da nossa produção e que só uma camada fina dos produtos da linha dela foi usada na finalização, porque é verdade. Só que aqui não trabalhamos com a verdade, mas com a *verossimilhança,* e no plano da verossimilhança os produtos de Alice são excelentes, mesmo que *na verdade* não sejam. Entendeu?

Antes de levantar da cadeira eu jogo um beijo na direção do monitor e digo: "Tchau tchau, queridos. Agora eu tenho que ir." Alice faz menção de revirar os olhos, e de fato as minhas palavras foram uma série quase perfeita de equívocos. Lanço um último olhar em direção ao escuro sob a cama e saio do quarto.

12:23

Apoio-me contra a porta que acabo de fechar ao sair. Um pensamento me ocorre: nem Alice nem Lotta jamais vão sair do quarto às minhas costas. Ou elas vão desaparecer, ou então serão encontradas sob a forma de pedacinhos úmidos e misturados embaixo da cama. Não acredito que isto é o que vai acontecer.

Mas sinto que, apesar do contato próximo e frequente com Alice, eu não teria uma descrição da aparência dela a oferecer. Eu não devia ter dificuldade para fazer isto, mas quando tento evocar o rosto dela é como se tudo brilhasse, como a lâmina de uma pá recém-comprada. Nem os traços mais discretos se revelam. Pode ser mesmo que tenha algo de errado com a minha cabeça. Preciso dar um tempo.

Atravesso a sala do segundo andar como se eu estivesse atravessando um campo minado. É assim que me sinto: minada. Não me atrevo a olhar ao redor por medo de descobrir que alguma coisa sumiu ou se transformou. Não suporto mais essas discrepâncias entre a realidade que eu imaginava conhecer e aquela em que de fato me encontro. Por assim dizer.

A porta do nosso quarto está fechada. Quando a abro sinto uma tensão enorme, como se aquela fosse a porta da jaula de um tigre, uma massa de músculos e dentes que a qualquer momento poderia investir contra mim.

Mas tudo está como sempre. As cortinas creme estão fechadas e o quarto se encontra banhado por uma luz suave e difusa. Eu sei cada palavra! Não me preocupo em descrever o quarto. Talvez mais tarde. A única coisa que me interessa agora é a cama, nossa cama de 180 centímetros de largura da Hästens.

A cama está bem arrumada e coberta por uma colcha que eu comprei em Nova York dois anos atrás. Fui eu que a arrumei. Boa parte das nossas atividades do dia a dia são feitas pela produção, a não ser é claro aquelas em que devo fracassar, mas fiz questão de continuar arrumando a cama. Não quero que estranhos mexam na minha cama. Não é uma questão de fluidos corporais, porque como eu já disse hoje em dia as ocasiões em que são derramados já não parecem muito frequentes. É mais uma sensação de que pelo menos *uma coisa* deve ser mantida em privado. Além disso, há os pensamentos sobre mãos estranhas e a pele e as células mortas que descamamos ao longo do dia. Tem alguma coisa nessa ideia. Como o arranhar de uma unha na córnea. *Argh*.

Deito e me estico. Meu corpo parece ter sido maltratado. Não de maneira literal, como se uma roda pesada houvesse me atropelado, mas como se eu mesma tivesse rolado em um solo pedregoso. Mesmo sem dor em lugar nenhum, sinto o corpo todo *sensível*. Vulnerável. Os limites entre eu mesma e o ambiente não existem. Será que estou me desmanchando no mundo, como um comprimido efervescente num copo d'água?

Levo a mão ao meu sexo, que faz um pequeno volume sob as calças finas. Tenho o monte de vênus meio protuberante, e Totte, com o bom gosto de sempre, diz que tenho uma xoxota de potranca. Tento pensar em qualquer coisa, mas nada me ocorre. Eu não sinto nada.

Existe uma doença chamada síndrome de Cotard. A pessoa com essa síndrome acredita estar morta, podre ou ainda que lhe faltam órgãos internos. Eu não sofro regularmente com a síndrome de Cotard, mas de vez em quando tenho uns episódios. De vez em quando penso que a minha existência não passa de uma ilusão, ou ainda que sou totalmente oca por dentro. Não no sentido psicológico, mas no sentido físico mesmo — como se eu não tivesse vísceras nem outros órgãos que fazem o corpo de uma pessoa normal funcionar. Mais ou menos como um fantasma.

E esses episódios tornaram-se bem mais frequentes desde que começamos a gravar *Em casa com os Hallberg*. Parece contraditório, mas a vigilância pública e a atenção ininterrupta criam uma sensação de esvaziamento, como se eu estivesse sendo comida aos poucos, de colher.

Deixe isso de lado. Agora que estou deitada de costas sob a iluminação quente posso aproveitar o tempo para lidar com o problema real que eu havia mencionado antes. Para início de conversa: por que eu aceitei participar disso?

Como já deve ter ficado claro, sou uma pessoa de inteligência relativamente alta, com boa desenvoltura verbal, e não uma dessas mulheres bonitas mas burras que fazem caras e bocas assim que ganham um tempo na TV. Eu gostaria de poder dar uma explicação mais profunda e metafísica. Por que eu me sujeito a uma situação que parece ir contra a minha pessoa?

Infelizmente, a resposta é banal. Eu queria salvar o meu casamento. Quando a ideia de *Em casa com os Hallberg* surgiu cerca de dois anos atrás, meu relacionamento estava ruindo, acima de tudo em razão das constantes infidelidades de Totte. Eu ainda o amava, ou melhor, eu ainda o *apreciava* o suficiente para, ao menos na teoria, querer um casamento funcional. Mas os flertes nos bares depois das apresentações eram famosos, e além das feridas emocionais eu não suportava a humilhação pública. "Veja, aquela é a Heidi Hallberg. Com quem será que o marido dela anda trepando?"

Como Totte tem uma necessidade quase patológica de atenção e reconhecimento — que sem dúvida está na origem da infidelidade —, o reality show era o tipo de coisa que o deixava *pilhado,* como ele mesmo havia dito. Além do mais, a ideia renderia um bom dinheiro, que tinha se tornado escasso depois que a carreira de Totte no cinema americano havia fracassado.

Eu dei um ultimato. Sim, eu aceitaria participar, mas se aparecesse qualquer notícia de que ele havia se metido com mais uma piriguete siliconada, então seria o fim. Totte se arrependeu, ou ao menos agiu como se estivesse arrependido, e disse também estar cansado daquela vida. Disse que já estava na hora de tomar jeito, e que aquele poderia ser um novo começo. Resolvi dar um voto de confiança.

E funcionou. Acho que Totte realmente não teve nenhum caso desde que começamos as gravações. Talvez esteja em parte ligado ao fato de que ele se transformou numa pessoa extremamente pública, que não pode fazer nada fora da linha sem virar manchete de jornais e assunto de fóruns de discussão na internet. Como se não bastante, tudo que ele faz é filmado. Eu havia contado com tudo isso.

Mesmo assim, hesitei antes de assinar o contrato quando li a cláusula que previa a possibilidade de duas temporadas adicionais, porque achei que Totte poderia abandonar todos os cuidados quando soubesse que eu estava presa àquela nova situação. Mas não foi o que aconteceu. Por enquanto, tudo correu bem.

No que diz respeito ao novo começo, tudo correu mais ou menos. Nos comportamos e desempenhamos os nossos papéis, mas nossa paixão não se reacendeu. Eu tampouco esperava que acontecesse, então tudo bem. Hoje temos um casamento funcional, quase inacreditável. Brincamos de papai e mamãe de forma absolutamente verossímil.

Mas para essa temporada eu não assinei contrato nenhum. Já não sou mais obrigada a interpretar. Ou pelo menos era o que eu acreditava até o momento em que *aquilo* aconteceu. Agora vejo que estou presa neste círculo, talvez para sempre.

12:40

Claro que eu percebo que nem tudo diz respeito a mim. Não sou egocêntrica a esse ponto. Entendo que sou apenas uma *representante,* uma pessoa que pode ser observada por quem pretende aprender coisas sobre a humanidade. Talvez eu devesse me sentir *orgulhosa.* Essa ideia nunca tinha me ocorrido.

Ouço batidas na porta e digo: "Entre." Depois de certas intromissões durante a primeira temporada, estabeleci uma regra básica: *sempre* é preciso bater numa porta fechada antes de abrir. O nível de vigilância a que estamos sujeitos cria uma necessidade de momentos e espaços particulares, ao menos para mim.

A diretora de gravação Malin enfia a cabeça para dentro e pergunta: "Será que podemos conversar?"

"Claro que podemos conversar", digo, e então me levanto e sento na beira da cama.

Malin entra no quarto. Eu nunca consigo ver Malin sem pensar nas Meninas Superpoderosas. Sem imaginá-la *como* uma das Meninas Superpoderosas. Malin esbanja confiança e competência, e além disso é uma pessoa sólida. A maquiagem eficiente, o cabelo preso com um frufru, as unhas de tamanho médio e a calça jeans que parece esculpida sobre suas pernas — tudo dá a impressão de um projeto bem-sucedido, prestes a estourar.

Temos a mesma idade. Ela não é bonita como eu, mas em compensação tem uma disposição que a deixa muito simpática. Para usar uma palavra fora de moda, eu poderia dizer que Malin é "jeitosa". Pense numa pessoa como Linda Bengtzing, só que com um olhar *ainda mais* business. Menina. Super. Poderosa.

Malin se joga em uma das poltronas da Eva que ficam encostadas na parede, onde eu e Totte costumamos deixar nossas roupas na hora de dormir. Ela cruza as pernas e eu penso que aquele jeans deve ter elastano. Depois ergue o caderno de anotações que quase sempre tem nas mãos e diz: "Precisamos falar sobre a sua storyline para essa temporada".

"Aham. Você tem sugestões?"

"Tenho, mas antes eu gostaria de saber se *você* não teria sugestões."

"Pra dizer a verdade, não."

Malin torce os lábios de maneira quase imperceptível, mas eu consigo ver. Sei que ela me acha mimada, que acha que eu uso a minha força mental para impor limites em vez de desenvolver a minha personagem.

Existem vários motivos para que eu não tenha me importado com a minha storyline. O primeiro e também o mais simples é que as minhas sugestões raramente são levadas em conta; o segundo é que ainda penso em deixar o programa; e, embora faça com que o primeiro e o segundo motivos percam a validade, o terceiro é o mais importante: começo a sentir falta da verdade, e nesse contexto a ideia de uma storyline é totalmente desprovida de sentido. Mesmo assim, aceito jogar o jogo.

"No que você pensou?", pergunto.

Malin abre o caderno, que está cheio de post-its coloridos. Ela escolhe um, abre naquela página e lê: "Agility."

"Agilidade?", pergunto. "Você quer que eu..." Faço um gesto indefinido com os braços, numa imitação ruim de marionete. Malin balança a cabeça.

"Não, eu pensei no esporte", diz Malin. "No esporte para cachorros. Que você e a Titânia deviam fazer. Sabe? Aquele negócio em que o cachorro faz um circuito."

"Não acho que a Titânia se acertaria com um negócio desses. Ela é desajeitada e possivelmente meio burra também."

Malin abre as mãos. "E?"

"Ah, é mais um capítulo da série *Heidi fracassa num projeto?*"

"Eu não quis dizer que..."

"Já entendi. O que mais?"

"Papel de parede."

"Papel de parede?"

"É. Achei que você e o Totte podiam colocar juntos um papel de parede. Ainda não temos nenhuma linha para o casal. E precisamos de uma."

"Mas onde você pensou em colocar um papel de parede?"

"Talvez... no quarto de hóspedes?"

"O quarto de hóspedes não precisa de papel de parede."

"Heidi..."

"Tá, eu sei. Mas você precisa saber de uma coisa. Eu sei colocar papel de parede *muito bem.* O quarto de hóspedes mesmo fui eu que fiz. Observe as emendas quando você puder."

Malin esfrega os olhos com um gesto que marca o início de uma dor de cabeça, ou antes uma indicação de que *eu* sou o motivo da dor de cabeça. Olho para ela e os meus sentimentos parecem tão ambíguos como os do duende no poema de Fröding. Eu quero ninar Malin e embalar Malin para depois vomitá-la numa bandeja de ouro, com o esqueleto pulverizado entre os meus dentes. O que é isso? Preciso vigiar os meus pensamentos. Como não faz diferença nenhuma, digo: "Na verdade eu acho que pode ser aquele negócio de agilidade."

O rosto de Malin se ilumina: "Sério?"

"Sério. Arranje um treinador ou sei lá eu como se chama e já podemos começar amanhã mesmo."

Malin faz anotações no caderno. A nuvem preta acima da cabeça dela parece dissipar-se quando ela dá um tapinha nas páginas e diz: "Acho que vai dar muito certo, Heidi. É uma progressão natural em relação a... ah, você sabe. Além disso animais, e em especial cachorros..."

"...dão boa audiência."

"Exato." Malin bate as mãos no caderno, como se quisesse marcar o fim de nosso encontro, e então se levanta e diz: "Você pode descer agora para a gente gravar uma vinheta?"

"De agilidade?"

"É, a gente pode fazer uma entrevista curta na qual você diz que resolveu... nah, melhor não. Vamos levar a Titânia para o parque, você corre um pouco com ela e aí tem essa ideia. O que você acha?"

"Claro, Malin. Pode ser."

"Ótimo. Nos vemos lá embaixo, então."

Continuo sentada na cama e observo a menina superpoderosa que sai do quarto com passos repletos de energia, cheia de esperança pelo dia de amanhã. Ela não sabe que o amanhã não chega nunca — pelo menos não do jeito que imaginamos. Ou então sabe muito bem. Essa é a parte que não está bem clara para mim.

12:55

A gravação da vinheta foi bem. Titânia quase entra em surto quando entende que vou brincar com ela. Ela dança, pula e corre atrás da própria cauda. Brinco de brincar e assim por diante. Quando levanto o rosto, Totte está na varanda com um sorriso irônico, como se pudesse ver dentro de mim. Ele não vê. Mas tem um senso crítico suficientemente desenvolvido para entender a extensão das minhas ideias. Brinco de brincar que eu brinco e assim por diante, mais algumas vezes, até que eu me sinta tranquila em tudo o que é mais essencial.

Lembro-me de outro poema de Fröding — aquele sobre uma longa canção cinzenta. Tento me convencer de que assim posso manter um resquício da minha integridade, mas até mesmo essa tentativa de convicção é uma brincadeira. Tudo é preto, muito preto.

Quando Titânia já está bem agitada, viro para a câmera e digo com um ar pensativo: "Parece que a Titânia está sendo pouco estimulada. Pensei que talvez a gente pudesse começar com agilidade. Acho que a Titânia se daria bem."

O que acontece logo a seguir é um golpe de sorte. Ou então já tinha sido planejado de antemão. Não sei. No momento exato em que me viro e olho para Titânia, ela salta no ar, erra a manobra e se estatela de costas no chão com um ganido. Eu olho para a câmera e digo: "Ou talvez não."

O câmera vira a lente em direção a Titânia, que fica me olhando de um jeito culpado, com as orelhas e a cauda abaixadas. Depois ela corre e sai do quadro. Malin aplaude e exclama: "Perfeito, é isso mesmo! Não poderia ser melhor!"

Ela se aproxima de mim, baixa a voz e diz como se compartilhasse um segredo: "Heidi, eu não acho mesmo que as pessoas queiram ver fracassos. Por outro lado, acho que elas querem ver *desafios.* Você entende o que eu quero dizer?"

Aceno a cabeça como se eu acreditasse nela. Na verdade imagino que a maioria das pessoas gostaria de me ver nas mãos da inquisição espanhola, de preferência nua, ou seja: numa situação apenas um pouco pior do que aquela a que sou exposta. É assim que me sinto: exposta. Como um bebê indesejado, abandonado na floresta para que os lobos possam se banquetear.

Não falo mais a respeito do assunto porque sei que essa é uma experiência só minha e de ninguém mais. Em vez disso, pergunto: "Já está na hora do almoço, não?"

13:15

Ninguém na família sabe, mas eu escrevi um romance. O romance chama-se *A tecelã* e conta a história de uma mulher que tem como principal interesse na vida aproximar as pessoas e criar relações. Assim ela sente que, mesmo numa escala muito pequena, está transformando a vida na Terra. Não é um autorretrato disfarçado, eu não sou esse tipo de pessoa, foi apenas uma ideia que eu tive.

Escrevi o romance em uma hora aqui, duas horas acolá, e ao fim de cinco anos estava tudo pronto. Mandei o romance para três editoras diferentes e o manuscrito foi recusado por todas, o que me deixou bem desanimada. Não posso dizer que seja uma obra-prima, mas já li coisa pior.

Se tivesse qualquer tipo de ambição literária eu talvez me recuperasse do baque e me pusesse a escrever um novo romance, na esperança de ter melhor sorte da próxima vez. Em vez disso, escrevi uma peça que nunca mandei a lugar nenhum porque achei que o resultado ficou bem ruim.

Assim uma história medíocre poderia ter chegado ao fim se não tivéssemos começado *Em casa com os Hallberg*. Quando, ao fim da primeira temporada, ficou claro que o programa teria sucesso considerável, duas editoras me informaram que, após uma análise mais detalhada, afinal tinham interesse em publicar meu romance. Será que eu poderia reenviar o manuscrito?

Respondi que eu tinha colocado as cópias em papel para reciclagem e apagado o arquivo do meu computador. Claro que não é verdade, mas eu não tenho nenhum interesse em ser publicada na condição de celebridade. Sei que essa ideia é totalmente contrária ao espírito dos tempos, mas eu sou assim mesmo. E não pensem que estou me achando melhor do que os outros: também pensei muito a sério em fazer como as outras pessoas no ramo dos reality shows e escrever um livro sobre como eu não ando bem. Mas acabou não acontecendo.

Mesmo assim, para exercitar os músculos atrofiados da escrita, decidi escrever o preparo do almoço como se fosse uma peça de teatro. Sei que ninguém vai ler e que eu não preciso de nenhum tipo de autorização, mas assim mesmo passei a ter o costume de imaginar um leitor. Lá vamos nós.

O almoço está servido. Salada com ovo e abacate,
uma baguete cortada em fatias. HEIDI acende a
última vela em um castiçal de três velas.

HEIDI

Acho que é importante manter um clima
levemente festivo mesmo no dia a dia.

Ouve-se a voz do produtor executivo.

PRODUTOR EXECUTIVO (O.S.)

Perdão, Heidi, mas você disse *exatamente* a mesma coisa
num corte da terceira temporada. Será que você pode reformular?

HEIDI

Acho que é importante ter um cantinho...

PRODUTOR EXECUTIVO (O.S.)
Acenda a vela outra vez.

HEIDI
Já está acesa.

PRODUTOR EXECUTIVO (O.S.)
Opa. Como vamos fazer agora?

Heidi faz uma careta, apaga a vela e
acende um novo palito de fósforo.

HEIDI
Acho que...

PRODUTOR EXECUTIVO (O.S.)
Espere a fumaça parar.

Heidi permanece imóvel, observando o pavio fumegante.
O palito de fósforo arde até queimar seus dedos.

HEIDI
Merda!

Heidi joga o palito de fósforo longe e põe o dedo na boca.

PRODUTOR EXECUTIVO (O.S.)
Vamos lá.

HEIDI
Vocês pretendem incluir essa parte?
A cena em que eu me queimo?

PRODUTOR EXECUTIVO (O.S.)
Isso fica para depois. Agora vamos lá.

HEIDI
Eu não quero que essa cena apareça.

PRODUTOR EXECUTIVO (O.S.)
Anotado. Vamos lá.

Heidi acende um novo palito
de fósforo e o leva para a vela.

HEIDI
Acho que é importante assar bebês em fogo baixo,
para que a carne fique bem tenra.

PRODUTOR EXECUTIVO (O.S.)
Puta que pariu, Heidi!

Totte entra na cozinha com as mãos nos bolsos.

TOTTE
Qual é?

PRODUTOR EXECUTIVO (O.S.)
A Heidi tá se recusando a cooperar.

TOTTE
Nah. Não tá nada.

Por favor. É difícil imaginar que centenas de milhares de pessoas sentam-se para acompanhar nossos afazeres domésticos, semana após semana. Em um momento ou outro eu ainda vou acender a vela e dizer qualquer coisa a respeito de luxo no dia a dia, e daqui a umas duas semanas todos os espectadores me verão fazendo isso. Uma porcentagem baixa vai achar que sou uma esposa dedicada e uma pessoa sábia, e outra porcentagem baixa vai achar que sou uma vagabunda pretensiosa que arrota obviedades, mas a maioria vai simplesmente me assistir enquanto acendo uma vela sem pensar em nada. E assim seguem nossas vidas.

13:21

Alice está satisfeita quando desce para almoçar. Choveram pedidos na loja virtual. Ela não vai ganhar nenhuma fortuna, mas o principal é fortalecer a marca. Assim que puder acrescentar "mulher de negócios promissora" à marca Alice Hallberg, o leque de ofertas e patrocínios se expande. Às vezes Alice fala a respeito de si mesma na terceira pessoa, e nessas horas se refere à marca que leva seu nome. Certa vez ela disse: "Eu me vejo mais como um conceito do que como uma pessoa". Precisei conter o forte impulso de dar um tapa na cara dela.

Alice fala sobre os produtos que mais vendem, sobre perguntas e comentários feitos pelos seguidores durante o lançamento e também sobre como ela mesma se sente no meio disso tudo. A voz dela soa mais irreal do que seria aceitável, e me pergunto se não haveria uma forma de desmascará-la. Não me ocorre nenhuma.

Mastigo um pedaço borrachento da baguete enquanto o meu olhar corre pela cozinha e para na bancada. Pisco e viro a cabeça meio de lado. Por que as pessoas fazem isso? Não enxergamos melhor só porque mudamos a perspectiva. Ou será que enxergamos? Pode ser uma tentativa de revelar os segredos da existência ao observar o mundo a partir de um ângulo inesperado.

Mas independentemente da minha cabeça estar reta ou torta, eu vejo a mesma coisa. Na tábua de cortar apoiada na parede tem uma mancha branca com uns dez centímetros quadrados. De repente a mancha fica preta. Quando eu digo "mancha branca" não quero dizer que parece um quadro branco pintado por outra pessoa, não, eu me refiro a uma mancha branca no sentido mais literal possível.

Se imaginarmos a existência como uma tábua bidimensional, então seria como se um quadrado tivesse sido recortado da tábua, deixando um buraco através do qual é possível ver o fundo branco. Se a mancha fosse um fenômeno relacionado com a cor ou a luz, eu a veria em perspectiva, porque a tábua está inclinada em relação a mim. Mas o quadrado perfeito me deixa nauseada. Talvez agora tudo venha abaixo.

Levanto-me e vou até a geladeira, onde pego uma garrafa de vinho branco e sirvo uma taça. Totte ergue a sobrancelha. "Vinho para o almoço? Continental."

Tomo um gole demorado e deixo o líquido frio rolar pela minha boca até que esteja morno antes de engolir. Sem abrir os olhos, tomo mais um gole e ouço a voz de Alice: "Heidi, o que você tem? Aconteceu alguma coisa?"

Claro que seria inútil tentar explicar, porque todas as pessoas ao meu redor fazem parte do mesmo fenômeno que produziu a mancha. Mesmo assim, sou mais uma vez tomada pelo impulso de despejar tudo a respeito *daquilo,* nem que seja por uma única vez. Porém me contenho. Quando abro os olhos, a mancha não está mais lá.

Alice fala sobre os novos produtos de sua linha que está discutindo com a Lancôme. Desloco-me para a periferia daquilo que a minha consciência pode tolerar, como uma pessoa que inevitavelmente desliza por um telhado coberto de gelo. O coração acelera e o cérebro grita enquanto o meu corpo se tensiona ao perceber a queda iminente, o impacto.

Vou ao banheiro e tomo um comprimido de ansiolítico com mais um gole de vinho.

13:35

Não há motivo para inquietude. Isso não vai virar a descrição de uma dona de casa desesperada que tenta mitigar a angústia à base de comprimidos e destilados, e que além disso se entrega para o jardineiro. É muito raro que eu busque ajuda no ansiolítico, e igualmente raro que eu beba álcool durante o dia. Mas aquela mancha passou da conta. Espero que alguém em algum lugar pague por aquilo. E além disso não temos jardineiro.

Quando a inquietude diminui a um nível tolerável, retorno à mesa. Totte e Alice estão vivendo no glamour com uma taça de vinho cada um. Eles fazem um brinde à linha de cosméticos de Alice que diz pretender realmente colocar a própria alma naquilo.

"E o sangue também?", pergunto. "Será que não daria para aproveitar essa ideia?"

"Hmm... *como é que é?*", pergunta Alice.

"Se você colocasse uma gota do seu sangue em cada pote de creme, por exemplo. Com certeza os fãs apreciariam."

Alice olha para o produtor executivo com uma cara de *você ouviu isso?* Ele dá de ombros. Eu gostaria que houvesse uma única pessoa capaz de me entender por aqui. Por que seria razoável Alice dizer que está disposta a colocar a alma numa linha de produtos de maquiagem, mas desarrazoado dizer que está disposta colocar também o sangue? Alice vira a cabeça meio de lado, como eu mesma tinha feito pouco tempo atrás. Ela pergunta: "Hmm, tipo... o que você tem, Heidi?"

"Eu estou muito bem. Sou muito mais forte do que certas pessoas pensam."

Alice faz uma careta desconfiada, e mais um dos meus gracejos passa despercebido.

13:45

Depois do almoço eu e Totte bebemos café na varanda. A casa fica num ponto elevado e temos uma vista bonita de Estocolmo para além da enseada. Barcos a caminho do porto Värta e do cais Stadsgårds passam o tempo inteiro mais abaixo, chegando ou partindo.

Nosso intervalo para o café foi calculado para coincidir com a passagem do ferry *Galaxy*, que vai para a Finlândia. Temos um patrocínio da Silja Line, que além do dinheiro também nos oferece passagem livre nos navios. A produção notou que as pessoas me acham esnobe nas mídias sociais, então para melhorar tanto o patrocínio como a minha imagem ficou decidido que na terceira temporada eu e Totte faríamos uma viagem para a Finlândia nesse ferry para nos misturar ao povo.

Eu não quero nem falar a respeito do assunto. Basta ver aquele monstro chegar deslizando com suas decorações de nuvem para que eu sinta enjoos. Se acham que sou esnobe porque desprezo prazeres banais, que assim seja. Nunca mais.

Totte beberica o café como se bebesse de uma caneca no Dramaten enquanto eu seguro a minha recém-devolvida caneca da Nike. O fato é que Totte é tão cheio de manias quanto eu, e se negou a adotar a caneca de um patrocinador. Talvez por isso tenha demonstrado tanta compreensão no que diz respeito à minha teimosia pela manhã.

Totte faz um gesto de cabeça em direção à enseada da qual o *Galaxy* se aproxima como se fosse um pedacinho de céu. "O *Galaxy*", ele diz, conforme o script. "Você se lembra?"

Rostos vermelhos que chegam perto demais, suor e bafo de cerveja, mãos que acabam em lugares errados e — acredite ou não — dois beliscões na bunda. Enjoos, encaradas, comentários indecentes berrados no ouvido. Claro que eu me lembro. Engulo em seco e digo: "Aham. Foi muito bom. Uma maravilha, o *Galaxy*." Das profundezas de um poço na minha consciência uma pequena Heidi grita: "Será que *alguém* percebe que estou sendo irônica? Alguém?"

Totte não deve perceber. Ele olha para o produtor executivo, que ergue o polegar. Tudo conforme combinado para garantir o dinheiro do patrocínio. Agora podemos improvisar, como as pessoas normais fazem.

"Eu tive uma ideia", digo.

"Que ideia?"

"O quarto de hóspedes. O que você acha de trocar o papel de parede?"

"Por quê?"

Totte claramente não percebeu que nosso relacionamento precisa de um *desafio.* Ou então percebeu mas foi instruído a me questionar. Essa é uma desvantagens de ser casada com um ator: você nunca sabe quando ele está interpretando um papel. Eu gostaria de ter um relacionamento suficientemente interessante para que não fosse preciso inventar desgastes artificiais. Se é que era mesmo essa a questão.

Mesmo antes que *aquilo* acontecesse, deliberações como essa que mencionei com frequência me levavam a questionar a natureza da realidade. Por dias inteiros eu não sabia se estava vivendo a minha vida ou simplesmente interpretando um papel numa peça elaborada. Hoje essas distinções já não fazem mais sentido. Lembro-me do meu papel, reúno forças e digo: "Eu acho que a decoração está muito… fria."

"Mas foi você que escolheu o papel de parede atual."

"E *também* fui eu que coloquei o papel de parede. Eu sei. Mas agora tudo me parece muito frio e… seria legal se a gente fizesse uma coisa juntos, não?"

Totte bebe um gole de café, olha para mim, acena a cabeça e diz: "Aha!"

"Aha o quê?"

"Só aha mesmo. Mas ora, sim, claro! É claro que a gente pode."

Minha sensibilidade para dramaturgia me diz que falta ímpeto e movimento à nossa cena. Mas Totte não liga. Simplesmente "faz o papel de si mesmo", como geralmente diz. Claro que não é verdade, mas quase sempre sou eu que assumo a responsabilidade por um *mínimo* de veia dramática. Decido recorrer ao mais baixo método, que vou chamar aqui de "feminino", e digo: *"É claro que a gente pode?* Como assim, você quer ou não quer?"

"Eu já disse que podemos!"

"Não parece que é isso o que você pensa."

"Como você quer que eu reaja?"

"Com entusiasmo."

Totte agita as mãos e diz: "*Iurru*, vamos trocar o papel de parede do quarto de hóspedes! *Iupii*!"

Cruzo os braços, me reclino na cadeira e digo: "Não vou mais falar com você".

Espero uns instantes para facilitar o trabalho da edição e em seguida me endireito e falo diretamente com o produtor executivo.

"Pronto, agora vocês já tem um corte", disse. "Será que a gente pode conversar um pouco em paz?"

O cinegrafista e o produtor executivo se olham e como que por telepatia parecem tomar uma decisão relativa à minha vida particular com Totte, porque no instante seguinte os dois saem da varanda.

"Um novo arco está começado, então?", pergunta Totte.

"Exato. A gente precisava dar uma palhinha ao menos." "Legal. Mas puta merda, eu *odeio* colocar papel de parede." "Tanto melhor. Você sabe como é. Precisamos ter um *desafio*."

"É. Você já está cansada?"

Olho para Totte. Por um bom tempo. Lembro-me do homem pelo qual me apaixonei, das noites em que eu o esperava em frente à entrada do Dramaten, o sentimento de ser *vista* quando ele deixava os olhos afogarem-se nos meus, o cheiro do pescoço dele e aquelas mãos grandes e reconfortantes nas minhas costas. Esse homem ainda existe, mesmo que ao longo dos anos camadas e mais camadas de mal-entendidos e frustrações tenham se acumulado entre nós.

Não me sinto apenas cansada — me sinto exausta. Nem mesmo essa palavra serve. Uma parte importante de mim quer que eu me deite aqui mesmo para nunca mais levantar. Em vez disso, continuo a fingir que tudo isso tem significado e que talvez eu não sirva para mais nada.

Como eu gostaria de poder contar a Totte o que sinto de verdade — mas nesse caso eu precisaria do Totte real, daquele que existe nas minhas lembranças, não dessa *versão* que está ao meu lado interpretando um papel enquanto bebe café.

Tem muita coisa que eu gostaria de dizer sobre a leveza e sobre instrumentos reluzentes, porém me limito a dizer: "Não, eu estou bem".

13:55

Ligo para Rasmus e pergunto como ele está. A câmera está ligada. Rasmus diz que fez um raio-X e que o braço dele está fraturado em três pontos. Naquele momento ele está à espera do gesso.

"E como foi a Alice?", pergunta Rasmus.

"Deu tudo certo. Ela não ligou para você?"

"Nah. E também não me enviou nenhuma mensagem." "Você sabe como ela é."

"Sei. Eu sei muito bem."

No Instagram, Rasmus postou fotos dele no hospital e recebeu diversas manifestações de solidariedade e emojis chorando. De Alice, nada. É um mau sinal.

"Você acha que ela ficou brava comigo?", pergunta Rasmus.

"Por que ela ficaria brava?"

"Ora, sei lá. Porque eu estraguei os planos dela."

Será que aquilo podia ser interpretado como uma insinuação de que Rasmus teria arranjado o próprio acidente? Talvez não. Ainda me parece mais provável que a causa do acidente tenha sido aquele degrau mais alto que os outros. Além do mais, o degrau já voltou à altura original.

"Não foi culpa sua", digo.

"Nah. Mas assim mesmo..."

Não há como negar que o acidente de Rasmus deve mesmo diminuir em muito o impacto do lançamento da linha de cosméticos assinada por Alice. O *tempo* que vai ser dedicado ao acidente e a todas as consequências sem dúvida vai roubar minutos preciosos do marketing de Alice, e em nenhum outro contexto o ditado *tempo é dinheiro* é tão verdadeiro quanto na TV.

Eu diria que o passo em falso de Rasmus deve custar a Alice qualquer coisa entre trinta e cinquenta mil coroas. Não chega a ser uma catástrofe, mas também não é um valor desprezível. E além disso há a luz dos holofotes, que por um momento focaram-se em Rasmus e o transformaram em um personagem mais interessante. Será mesmo?

Pergunto: "Tem alguém filmando por aí?"

Rasmus não esconde a decepção na voz quando responde: "Não. E aquela menina da produção voltou."

Essa não. Isso não vai ser nada bom para Rasmus. A ausência de cobertura de um acontecimento dramático como aquele sugere que, apesar de tudo, Rasmus é considerado um personagem coadjuvante. Bucha de canhão. Quando Totte quebrou o mindinho, todos acompanharam o que foi chamado de *convalescença* dele. Será que a produção sabe de coisas que eu não sei a respeito dos sentimentos que Alice nutre por Rasmus? Será que ele está prestes a sair de cena?

"Filme você mesmo, então", digo.

A voz de Rasmus parece quase ofendida quando ele responde: "Não é a mesma coisa".

Não, não é a mesma coisa. Vídeos curtos filmados no celular têm um realismo tão profundo que parecem quase irreais, enquanto nossa existência dirigida e filmada de maneira profissional eleva-se a uma espécie de sobrenatural a que Rasmus agora tem acesso negado. Coitado. Aos poucos ele afunda nas sombras do esquecimento.

"A Alice com certeza vai dar notícias", digo. "E logo deve mandar um cinegrafista para filmar o que tá acontecendo por aí."

"Você acha mesmo?", pergunta Rasmus.

Não, eu acho que não. O fato de que a produção abandonou Rasmus à própria sorte no hospital é um péssimo sinal. Porém mesmo que saia agora ele pelo menos vai ter um acidente memorável que pode render frutos no futuro. Talvez uma participação em *Paradise Hotel?*

É uma pena. Não tenho absolutamente nada contra Rasmus, e às vezes chego a pensar que ele pode ser uma pessoa de verdade. Vou sentir falta dele aqui no meu simulacro.

Mais uma vez: as palavras que eu uso.

Para Rasmus, digo: "Eu não acho. Tenho certeza."

14:03

Então desço para meu porão...

Temos um porão bem espaçoso, onde entre outras coisas há uma mesa de bilhar e uma máquina de fliperama. Nada disso me interessa. Meu hobby modesto e aquilo que às vezes me leva ao porão se encontra no canto mais distante: uma casa de bonecas no estilo de um jardim inglês em escala 1:12. Em cima da mesa, ela tem a minha altura.

Durante as gravações da primeira temporada eu às vezes descia ao porão sem deixar que nenhuma câmera me acompanhasse. Eu precisava fazer alguma coisa sozinha, como o sujeito da canção sobre o trem a vapor. O assunto gerou boa parte das fofocas durante a primeira temporada: o que a Heidi tem no porão? Um ferrorama? Um bicho de estimação? Ou por que não um cadáver pendurado em ganchos de aço? Também se falou sobre uma máquina a vapor, uma máquina de costura, um tear e uma casa de bonecas.

Na segunda temporada eu cedi aos rumores e deixei que me filmassem enquanto eu organizava móveis e bonecas, trocando-os de lugar. Eu não devia ter feito isso. Houve quem achasse que uma mulher adulta que brinca de boneca com certeza tem problemas mentais. Houve quem se desse ao trabalho de pesquisar quanto a casa de bonecas e a decoração teriam custado para chegar a uma cifra de trinta mil coroas, que está absolutamente correta. Esse episódio serviu de combustível para os rumores sobre o meu esnobismo, o que por sua vez me obrigou a pegar um ferry para a Finlândia e vomitar na cabine. O que recebo em troca disso?

Sento-me na cadeira na frente da casa de bonecas e aciono um interruptor. Vinte lâmpadas de LED se acendem nos vários cômodos da casa. Espalhada pelos cômodos há também uma família, composta por um homem, uma mulher e duas crianças. *Não,* eu não brinco de nossa família. Essa é a família Didriksson. Eu tinha um ursinho com esse nome quando era menina.

Mas o que sei eu? Talvez eu seja mesmo um pouco louca. É o tipo de coisa que nunca podemos saber a respeito de nós mesmos. Gosto de colocar as bonecas em diferentes cômodos, acomodá-las em diferentes posições e depois admirá-las enquanto tento adivinhar o que pensam e como se sentem. Talvez esteja relacionado à perda de controle sobre a minha própria vida. É assim que os psicólogos baratos de internet veem essa questão. Estou pouco me lixando. Sei apenas que isso me acalma.

Pego a menininha, que não deixa de guardar certa semelhança comigo na época em que eu tinha dez anos. Cabelos longos e loiros, olhos azuis e uma expressão fria, quase má. Vista do ângulo certo, ela é *muito* parecida comigo.

Eu praticava bullying. São poucas as pessoas que reconhecem esse tipo de coisa, mas já fiz as minhas pazes com o que aconteceu. Anos depois do nascimento de Gösta eu tive depressão, e então comecei a fazer terapia. Ao revisitar as diferentes camadas da minha infância, eu e o terapeuta descobrimos uma menina muito fofa, inteligente e cruel, sempre disposta a atacar os que não tinham meios para se defender, fosse no sentido físico ou verbal. Uma pequena monstra. Com as minhas companheiras Katta e Suzie, eu azedava a vida de todos aqueles que não correspondiam às minhas expectativas arbitrárias. Aos treze anos conseguimos levar nossa colega Carola a cometer suicídio.

Para mim foi um ponto de inflexão. Comecei a ter sessões de aconselhamento e terapia na escola e fui transferida de turma, para ficar longe de Katta e Suzie. Eu me transformei. O fantasma de Carola às vezes me acordava durante a noite para mostrar a queimadura de atrito no ponto em que a corda havia machucado o pescoço dela. Afundei nos estudos para não ter mais nada em que pensar. Eu me transformei em outra pessoa.

Claro que havia motivos para eu ser como era, mas não havia nenhuma desculpa, então quando afirmo que "consegui aceitar" o que aconteceu, não pretendo dizer que me perdoo por aquilo que fiz, mas que simplesmente aprendi a aceitar e a viver com essa culpa. Então "aceitar" talvez seja a palavra errada.

Já pensei que o que hoje está acontecendo comigo talvez seja um *castigo,* uma justiça cósmica. A vantagem de pensar dessa forma é que tudo parece fazer sentido. Mas duvido que seja assim. Provavelmente tudo não passou de acaso.

Coloco a boneca na cama e acomodo o pai na poltrona ao lado. Com uma voz terna e mansa, o pai conta para a filha coisas que aconteceram quando ele tinha a idade dela e fala sobre as lições que aprendeu. Ele divide a sabedoria adquirida com a menina. É o tipo de coisa que nunca aconteceu comigo, e talvez parte da explicação esteja justamente nisso.

Coloco a mãe num canto da cozinha, com o rosto voltado para a parede, como se estivesse de castigo por vontade própria. A menina sai da cama, puxa a mãe e tenta fazer com que ela volte à vida, sem nenhum resultado. Essa parte é autobiográfica.

Passo mais um tempo brincando, misturando fato e ficção até que um ponto duro no meu coração de repente se amolece um pouco. Sou eu que decido. Olho para o relógio a parede e vejo que faltam apenas dez minutos para o meu encontro com Linda. As câmeras vão me acompanhar.

14:20

Eu e Linda vamos nos encontrar no lugar de sempre, o Café Vattenverket, perto do Lago Kottla. Dirijo até lá com o nosso carro e a equipe me segue no carro da produção. Temos um Volvo XC90 a diesel que me deixa meio desconfortável. O carro é grande demais, macio demais, silencioso demais. Você fica como que encapsulado numa poltrona e sente-se como Jonas numa baleia hi-tech. Eu tinha um pequeno Golf, mas o carro estragou quando esqueci de repor o óleo. Foi na terceira temporada.

Estaciono ao lado da grande construção de tijolo à vista na beira do lago. O espaço ao ar livre está cheio, e imagino sentir olhares desgostosos quando saio daquele monstro. Não é sequer um carro híbrido, o que pensa essa pessoa... ei, veja! *Sabe quem é ela?* Apesar disso os olhares são menos intensos no café, porque muitas pessoas já me viram antes por lá. Há quem me cumprimente com um aceno de cabeça ou abra um sorriso amistoso ou mesmo solidário.

Linda escolheu uma mesa estratégica, bem perto da orla. A mesa fica bem afastada, para que as pessoas ao redor não precisem fingir que não estão tentando ouvir a nossa conversa. Me apresso em direção a ela enquanto a equipe prepara o equipamento de filmagem.

Linda é a minha amiga mas antiga. Tornamo-nos próximas no segundo ano do segundo grau. Linda também vinha de uma família triste e pobre, e também havia decidido ter sucesso na vida. A diferença entre nós era que ela tinha um objetivo claro em mente — ser advogada —, enquanto eu queria apenas ser a melhor em tudo.

Linda conseguiu tornar-se procuradora, e se especializou em casos de violência contra mulheres. Depois do MeToo a quantidade de trabalho dela aumentou significativamente, porque o número de mulheres dispostas a fazer denúncias aumentou. Ela trabalhou em muitos casos de ampla cobertura midiática e tem uma conta de Facebook com dezenas de milhares de seguidores. Em outras palavras, Linda deu certo na vida, e às vezes chego a me perguntar o que a leva a continuar se relacionando comigo. Eu tinha a impressão de que a minha *pessoa* seria uma mancha na reputação dela. Talvez seja uma questão de lealdade e de lembranças compartilhadas, ou pode ser que ela me veja como um "caso", uma mulher exposta a ataques contínuos. Ou também pode ser que ela goste de mim. Pelo menos é uma *possibilidade.*

Linda se levanta e trocamos um abraço rápido. Eu cochicho: "Logo vai estar todo mundo por aqui. Tem alguma coisa que você queira me contar antes?"

"Nah, o que seria?"

"Uma coisa de verdade."

Linda franze as sobrancelhas. "O que você tem, Heidi?" "Está desmoronando aos poucos."

"O quê está desmoronando aos poucos?"

"A realidade. Estou descobrindo que tudo não passa de... mimesis."

O olhar de Linda corre de um lado para o outro enquanto ela tenta compreender a palavra. Esta é a minha maldição, ou pelo menos uma das minhas maldições: se conheço uma palavra difícil, eu a uso. Linda balança a cabeça e diz: "Eu não sou formada em Letras, sabe? Porque isso é bem..."

"Uma representação da realidade", digo. "Mas não a realidade em si."

Atrás de mim, ouço passos à medida que as câmeras se aproximam. Meu tempo acabou e mais uma vez perdi a oportunidade de olhar sob o manto de Maya. Olho nos olhos de Linda e imploro por uma compreensão silenciosa, mas recebo apenas um sorriso preocupado como resposta. Mesmo assim, estou convencida de que ela é real. Ou praticamente convencida.

As câmeras filmam enquanto eu e Linda falamos alegremente sobre o que vamos pedir de bom para comer. Não comi muito no almoço, e assim escolho um sanduíche de peru com avocado, e para beber um latte. Linda faz o mesmo pedido.

Eu explico os meus planos de trocar o papel de parede do quarto de hóspedes com Totte e reclamo da teimosia dele. Linda diz que vai representar uma mulher que foi sequestrada e mantida como refém num apartamento onde sofreu repetidos estupros. Eu faço um gesto afirmativo de cabeça, murmuro um "aham" e acrescento uma expressão facial de empatia. Não que a história contada por Linda não me comova — a questão é que não acredito que seja autêntica. Ou melhor, não. Com certeza a história é autêntica, mas que tipo de *relevância* teria na minha situação?

Linda diz que começou a representar voluntariamente vários clientes de um albergue para mulheres vítimas de violência, e a certa altura eu percebo uma nota de falsidade. Será que ela está fazendo um comercial de si mesma, como todos os outros? Ou será que simplesmente me sinto inferior? Comparada a Linda eu não passo de um pedaço de papel higiênico colorido voando ao vento. Meus ouvidos começam a zumbir e logo sinto o meu peito estremecer.

Tem alguma coisa acontecendo com os meus olhos. Será que era assim que os santos se sentiam quando tinham as revelações? Levanto o rosto em direção ao lago e de repente a vejo: a fronteira. A cinco metros da orla começa uma membrana brilhante, similar a uma ameba. É uma visão incrível. Cá estou eu, tentando soar metafísica, enquanto na realidade existem provas concretas e tangíveis!

Em meio ao zumbido eu ouço Linda fazer um comentário a respeito de "leis de proteção da mulher" e me levanto da mesa sem tirar os olhos da membrana. Com o coração martelando como um punho fechado contra a jaula do meu peito, sigo em direção à água. Sinto o frescor nos tornozelos, nas panturrilhas, nos joelhos enquanto caminho lago adentro. Atrás de mim eu ouço gritos.

De repente sinto um pavor súbito e paro. A membrana está um metro na minha frente. O que eu sei sobre o que se encontra do outro lado? Tenho a impressão de pressentir vultos escuros e ondulantes, e o que é isto que ouço? Uma flauta? Tremo como se estivesse congelando quando um arrepio de terror puro atravessa o meu corpo. Sinto um calor repentino na coxa esquerda quando faço xixi nas calças.

Ouço um barulho dentro da minha cabeça e as minhas pálpebras começam sofrer espasmos involuntários. A membrana desapareceu e eu posso ver claramente a academia ao ar livre na margem oposta do lago.

Em casa com os Hallberg.

Eu sou Heidi Hallberg, participante e protagonista do reality show *Em casa com os Hallberg*. Acabo de entrar num lago e fazer xixi nas calças. Esse é o fato registrado pelas câmeras. Imagino as manchetes. Será que ainda tenho como salvar a minha honra? Tenho. Abaixo-me.

A água bate na minha cintura e leva embora os resquícios de urina que desciam pelas minhas calças jeans. Ando um pouco mais pela água e vejo Linda na orla com uma expressão que não consigo interpretar, mas cujo significado imagino. Atrás dela as câmeras estão filmando.

"De repente eu senti muito calor!", grito alegre. "A água está uma delícia. Entre você também!"

Mais um fracasso.

14:50

Nunca entendi direito por que a problemática relativa ao corpo e à consciência ocupa tantos filósofos e tantos pensadores desde a antiguidade. A forma como a consciência imaterial se comunica com o corpo material. Descartes afirmou que a glândula pineal seria a central de comunicação, e se ele estava certo a minha glândula pineal deve estar totalmente fodida.

Meu nervo óptico recebe os estímulos, que passam através da glândula pineal, que por sua vez transfere uma imagem distorcida para a minha consciência. Degraus elevados, manchas brancas, instrumentos reluzentes e membranas delimitadoras. *Ou* a minha consciência produz estas fantasias e depois leva os meus olhos a vê-las.

Já chega, penso enquanto volto a terra com as calças encharcadas. *Já chega.* Entrar na água de roupa talvez seja plausível quando você tem dezesseis anos e está de porre, mas na minha situação atual só existe uma interpretação possível. Posso tagarelar sobre Descartes e filosofia para exibir minha cultura geral se eu quiser, mas pouco importa. Quem vê uma mulher de meia-idade entrar num lago totalmente vestida só pensa uma coisa: *putz, essa aí é louca. Tomara que não tire a roupa e comece a jogar cocô para todo lado.*

Não posso desfazer o que aconteceu, mas a partir daquele instante resolvo aceitar a realidade da maneira como é e não mais correr atrás de fantasmas.

Como esse banho sem dúvida vai ser incluído na série, enquanto volto para a terra me pergunto se eu poderia inventar *alguma* explicação plausível para o meu comportamento em frente às câmeras. Quando chego de volta na orla, ganho um pouco de tempo tirando algas das minhas calças. Depois eu digo: "Não sei, mas às vezes eu tenho vontade de quebrar os padrões. Sair da caixa e desafiar os estereótipos. Ninguém se arrepende de um banho de lago."

Pelo menos é uma explicação que se encaixa bem no meu temperamento. Heidi Hallberg diz e faz coisas bem inesperadas, e é isso o que a torna interessante. Sei que não vai resolver, mas talvez ajude a mitigar as consequências. Mesmo assim, a maior parte das pessoas vai achar que o que eu quero é chamar a atenção.

Se tivesse sido este o meu objetivo, eu o teria atingido. Poucos olhares no café não estão voltados para o lago. Mesmo aqueles que não sabem nada a respeito de *Em casa com os Hallberg* acham interessante que uma mulher bonita entre na água enquanto duas câmeras a filmam. Eu abro os braços e digo: "La dolce vita!" Acho que ninguém entende a referência. É sempre assim.

Meus sapatos estalam quando me encaminho em direção aos carros. Minhas calças por sorte não cheiram a urina, mas por outro lado estão impregnadas de um fedor pantanoso que eu associo a lagos no coração da floresta e a duendes. Interrompo o pensamento antes que a ideia possa se desenvolver.

"Heidi, o que você tem?"

É Linda quem faz a pergunta, e eu não sei quantas vezes já a ouvi hoje. Linda, que alardeia o próprio altruísmo voluntário, nesse momento faz com que um pouco de sua própria boa-vontade respingue em mim. *Pare, Heidi. Pare de uma vez por todas.*

As câmeras não podem captar o meu áudio porque ainda estão na orla, então eu digo: "Não sei. Foi um impulso."

"E você costuma ter esse tipo de... impulso?"

"Linda, você é advogada, não psicóloga."

"Mas eu me importo, e você sabe disso."

Eu paro, me recomponho, estendo a mão e afago o rosto dela. Por um momento imagino que a pele de Linda tem escamas, porém logo afasto a imagem antes mesmo que esteja completa. "Eu sei que você quer ajudar", digo. "Mas eu prometo que está tudo bem."

De repente sinto um cansaço terrível. Realmente não quero mais falar sobre o que aconteceu. Eu dei um passo em falso e saí do habitual. Que bom. Será que já podemos voltar a fingir que somos normais?

Quando abro o carro um dos cinegrafistas grita do lago: "Heidi! Heidi! Você pretende mesmo dirigir?"

"Eu só estou com a bunda molhada", respondo. "Não enlouqueci."

"Mas espere..."

O cinegrafista chega correndo enquanto a câmera bate no ombro dele. Eu apoio a mão no teto do carro e espero, deslizo o polegar por uma faixa de metal cromado, faço uma associação indesejada e afasto a mão. O cinegrafista para, olha pela objetiva e ergue o polegar. Dou um beijo no rosto de Linda e digo que foi muito bom revê-la. Ela lança um olhar cético na minha direção quando eu sento no banco do motorista com as calças molhadas.

Fecho a porta e sinto o cheiro de pântano tomar conta do cupê. O cinegrafista me acompanha com a lente enquanto dou ré e saio do estacionamento. Estou *produzindo conteúdo.*

15:02

Totte está na frente da casa, falando no celular. Como o vento está soprando pelas minhas costas, ele torce o nariz quando me aproximo. Totte faz um gesto em direção às minhas pernas e mexe os lábios como se dissesse *quê?* Imaginar que um par de calças molhadas possa causar tanta estranheza. Não respondo nada. Quando passo por ele ao entrar em casa, ouço-o dizer: "Mas também é uma questão de acertar *o tom*. Se o sentimento é de uma corrida ou de um aconchego de sexta-feira."

Não tenho a menor ideia de qual seria o assunto e tampouco me importo. Sigo em direção ao quarto, onde tiro as calças e as calcinhas e visto roupas limpas. Passo um tempo com a cabeça entre as mãos, pensando se eu não devia começar um trabalho filantrópico. Depois me imagino numa cidade pobre, distribuindo comida para crianças de barriga inchada enquanto jipes com metralhadoras chegam e... antes que eu possa desligar todas as crianças estão mortas e eu...

Pare. Pare.

Totte entra. Ele se apoia contra um dos guarda-roupas como quem não quer nada, olha para o meu rosto e pergunta: "O que você tem?"

Se me fizerem essa pergunta mais uma vez eu vou gritar.

"Nada", digo.

"Ótimo. Ótimo."

Sem nenhum aviso prévio ele vem até mim, segura os meus ombros, me inclina para trás em cima da cama e lambe a minha barriga. Afinal, somos casados, e é assim que ele deve estar pensando.

"Totte, pare", digo. "Eu não estou a fim."

"Ah, para com isso. Já faz uma eternidade."

Ele aperta a boca contra o meu sexo e sopra ar quente através do tecido. Não sinto nada. "Totte, é sério. Pare."

Totte suspira e levanta a cabeça. "Porra, você tá fedendo. O que foi que aconteceu?"

"Nada. Simplesmente me ocorreu que eu podia fazer uma coisa normal."

"Normal?"

"É. Normal."

"Eu acho que seria normal você ir para a cama com o seu marido, ou ao menos oferecer a ele..."

"Outra coisa."

"Porra, eu que vou saber? Como assim, normal?"

"Uma coisa que as pessoas fazem. As pessoas normais."

"O que elas fazem? Limpam as janelas, talvez?"

"Não veio uma pessoa aqui fazer isso semana passada?"

"Então, veja bem. Muitas dessas coisas normais são feitas aqui por outras pessoas. Assim sobra tempo para a gente ser anormal."

Ele fala com o queixo apoiado na minha coxa. Eu me afasto, puxo as cobertas e ponho o braço sobre meus olhos. Oceanos de tempo estendem-se entre este momento e a minha futura morte.

"Recebi uma oferta para fazer um comercial", diz Totte. "Se dispuseram a pagar bem. É para um creme de barbear. Eu disse que gostaria de ver uma moodboard antes de me decidir."

Um caso raro. Totte usa uma palavra que eu não conheço. Tiro o braço de cima dos olhos e pergunto: "Moodboard?"

"É, sabe? Imagens que sugerem o tipo de sentimento que eles pretendem despertar." Totte parece entusiasmado ao perceber o meu interesse, que no entanto é apenas semântico, e acrescenta: "Afinal, eu não quero simplesmente aparecer como um bobão na luz da manhã em um banheiro *freeesco* e dizer simplesmente 'Hmm'." Totte passa a mão sobre o rosto com um gesto usado em mais ou menos a metade de todos os anúncios de produtos de barbear. Ele faz o gesto com perfeição absoluta e eu começo a rir. Então ele pergunta: "Certeza que você não quer trepar?"

Homens. Uma risada, um sorriso, um olhar e logo o negócio começa a latejar por baixo das calças. Mesmo que eu tenha achado o gracejo de Totte divertido, noto que os cuidados dele com a imagem diminuíram bastante, mesmo em relação à situação anterior em que já tinham diminuído. Da brasa não restam mais do que cinzas. Quando mais uma vez eu recuso o convite, ele diz: "Bem, então limpe a geladeira."

15:13

Precisamente a geladeira é uma das poucas coisas que não é cuidada por outras pessoas. Tampouco o freezer, claro. Nesses lugares os resquícios verdadeiros das nossas vidas podem ser lidos, e isso não é brincadeira. Já faz mais de seis meses que a esvaziei para jogar fora o que não prestava mais, limpei e sequei. Evito o clichê de que as coisas ganham vida própria ou deslizam pelas prateleiras, porque nada *se mexe.* Mas há um sentimento de *ameaça* nos montes e nas pilhas de embalagens, pacotes, sacos, tubos e vidros pela metade. Como se por trás de tudo isso se escondessem coisas de caráter mais repulsivo.

Esses pensamentos não são nada bons. Não são pensamentos normais. Paro de pensar e balanço a cabeça em direção à câmera que me filma, abro as mãos enquanto olho para as entranhas da geladeira e digo: "Merda. Parece que as coisas ganharam vida própria por aqui!"

No fundo também é uma coisa estranha a se dizer, mas é uma estranheza *aceitável,* como "pé no chão e cabeça erguida" ou "fiquei um bagaço". A maioria das pessoas sabe quais são os limites de um vocabulário socialmente aceitável. Desde a infância ouvimos coisas do tipo: "Isso não se diz!", e então passamos a nos guiar por essas advertências.

Faço caretas exageradas quando pego os sacos com cortes de carnes que já não sei mais identificar, torço o nariz quando abro potes e cheiro o conteúdo, "sem querer" deixo cair um pepino mofado e digo com uma voz esganiçada: "Eu realmente achei que ele tinha se mexido!". Sei o que estou fazendo. Isto pode continuar por dois, três minutos. Heidi Hallberg está de volta ao palco.

Estou prestes a fazer uma pantomima com um nabo tão murcho que mais parece o cérebro de uma criança quando o cinegrafista diz "Heidi" e aponta para a bochecha.

"O que foi?"

"Uma mosca. Tem uma mosca no seu rosto."

Passo a mão na minha bochecha direita e de fato uma mosca levanta voo, completa um círculo ao redor da minha cabeça e pousa mais uma vez na minha testa. Passo a mão novamente na bochecha e a mosca pousa nos meus lábios. Tenho vontade de fazer um comentário sobre o esquete de *Papphammar* em que uma mosca caminha pelo rosto do ator Gösta Ekman, mas não me atrevo a abrir a boca por medo de que a mosca entre.

Pode ser a mesma mosca que hoje pela manhã estava morrendo no parapeito. Ela pode ter voltado dos mortos para aterrorizar aqueles que não a ajudaram. Uma mosca-zumbi, que logo vai... bem, mais uma vez estamos em terreno perigoso. É apenas uma mosca. Logo ela vai se cansar.

Aperto os lábios e a mosca decola mais uma vez. O zumbido soa como um alarme ou um idioma secreto que transmite informações vitais, e cá estou eu, limpando a geladeira enquanto cantarolo a música da *Píppi Meialonga*. Não tem problema nenhum.

Das entranhas da geladeira, pego uma lata aberta de sopa de ervilha que dá a impressão de não conter nada além de algodão branco, seguro-a em direção à câmera e digo: "Dizem que o rei Érico

XIV da Suécia morreu depois de tomar uma sopa de ervilha. Deve ter sido essa". Perfeito. Imagino que pessoas mais cultas em geral não assistam a esse programa, mas assim mesmo posso fazer esses comentários à la Heidi Hallberg.

Na minha expedição arqueológica rumo ao fundo da geladeira, procuro outras coisas que se prestem a esse tipo de comentário espirituoso. Será que eu não podia me arriscar na comédia stand-up? A produção *adoraria* a ideia, em especial porque a chance de fracasso seria de quase cem por cento. "Heidi Hallberg faz um papel ridículo" é um tema recorrente da série. Quando maior a humilhação, maior a audiência. É uma matemática simples.

Vejo pelo menos *três* tubos achatados de Kalles Kaviar e tento bolar um comentário divertido quando a mosca pousa novamente em mim, desta vez no meu lábio superior. Antes que eu possa reagir ela entra na minha narina esquerda.

Sinto a mosca se movimentando na mucosa e na pele sensível, penetrando cada vez mais fundo. Meu coração para de bater e as lágrimas surgem nos meus olhos. Eu *sei* por que a mosca está lá e por que eu pareço exercer uma atração irresistível. É porque estou morta, apodrecendo por dentro. Sou comida de mosca. Carne e entranhas em processo de putrefação. A mosca está prestes a quebrar a ilusão, daqui a um instante eu vou me desfazer numa poça em frente à geladeira, um saco de muco contido no interior da pele, um sopro de gás do pântano.

A mosca entra cada vez mais fundo pela minha narina, como uma *sonda* decidida a investigar os meus segredos mais profundos, uma legista em miniatura que não guarda nenhum rancor contra uma pobre criatura humana que finge estar viva.

O demônio da razão *berra* na minha cabeça: *NÃO! EU SOU O SEU PENSAMENTO BOM E VOCÊ PODE SAIR DESSA!*

Corro até o porta papel-toalha, arranco um pedaço, seguro-o na frente do nariz e me assoo. Uma bolinha de ranho sai, junto com a mosca. Com as asas grudadas pelo muco, ela se arrasta lentamente pela superfície do papel. Esmago-a entre os dedos. Depois jogo o papel na lixeira e mais uma vez volto minha atenção para a geladeira. Esfrego o nariz, sorrio para a câmera e digo: "Onde era mesmo que estávamos?" "Ah, sim. Vejam só esses tubos de Kalles Kaviar..."

15:46

Termino a limpeza da geladeira sem novos ataques do mundo exterior. O cinegrafista faz um sinal de positivo para mim e diz que às vezes eu sou bem divertida. Ele se engana. Eu sou divertida o tempo inteiro. O problema é que ninguém entende as minhas piadas. Eu sou a árvore que cai na floresta. Assim como é óbvio que essa árvore faz um som, embora ninguém o ouça, as minhas piadas também são engraçadas, mesmo que ninguém ria. *Quod erat demonstrandum.*

Quando saio ao corredor encontro sete rolos de papel de parede, uma lata de cola e dois rolos de aplicação. Chamo a Sandra. Assim que ela aparece na escada eu percebo uma transformação no seu olhar. Se ontem era um olhar cansado ou até mesmo exausto, hoje há um elemento de alerta, e o corpo dela parece estar pronto para fugir a qualquer momento. Imagino que o banho repentino no lago já seja de conhecimento geral da equipe da produção. Sorte que não mencionei nada a respeito da membrana gelatinosa.

Aponto para os rolos de papel de parede e pergunto: "De onde veio isso? Quem comprou?"

Sandra para a uma distância segura, ainda no meio da escada, e diz: "Hmm, eu acho que foi o Oskar. Ele comprou pela internet e depois foi buscar."

Claro. Oskar, que é cinegrafista, Oskar, que é gay, também se interessa por decoração. Até que ponto uma pessoa pode ser um clichê? Por outro lado, não tenho certeza de que Oskar seja homossexual. E se não for, então o clichê não se aplica.

Abro um dos rolos para examinar o padrão e tenho a impressão de reconhecê-lo. São fileiras verticais e horizontais de objetos que parecem vasos de diferentes formas e contornos. Se não me engano o padrão se chama "Pottery", e eu tinha exatamente o mesmo no meu quarto de menina. Imagino que hoje seja um modelo retrô. O padrão é de uma feiura grotesca e eu menciono esse fato para Sandra.

"Nossa", Sandra diz enquanto o rosto dela cora. "Eu não sei de nada. O Oskar disse que..."

"Você colocaria esse papel de parede na sua casa?"

"Ah, não sei, mas é que..."

"Mas é que...?"

Sem querer, Sandra olha para o local onde o produtor deve estar, o quarto chamado de "central de direção", em busca de forças telepáticas para tomar decisões em nome da produção. Em seguida ela diz: "Bem, mas se você não gostou você pode simplesmente... depois que você e o Totte fizerem a colocação desse papel a gente pode chamar alguém para recolocar o antigo. Um igual, enfim."

"Como fizeram com a caneca."

"Exato."

"A minha vida inteira está sendo trocada por outras coisas idênticas, uma por vez. Imagine se pudessem fazer isso comigo."

"Como?"

"Bem, imagine que vocês contratassem uma pessoa igual a mim, só que mais simples e mais simpática do que eu. Seria ótimo, não?"

Sandra dá uma risada nervosa e torna a subir os degraus. Estou sozinha com o papel de parede. Olhar para aquilo é como ter um biscoito enfiado goela abaixo. Por muitos anos estive rodeada por aquele padrão enquanto o meu corpo e a minha consciência se transformavam. Esse papel de parede *me conhece.*

Sabe que desde menina eu fui sempre muito ocupada comigo mesma. Ainda cedo eu comecei a sonhar em ser admirada por todos. Aos dez anos eu já gostava de folhar revistas de páginas brilhosas e imitar as poses das estrelas. Eu queria de verdade ser como Madonna no clipe de "Material Girl". Indiferente e elegante, capaz de andar com um jeito desleixado na medida certa vestindo uma roupa chique enquanto homens de terno me ofereciam joias caras. Eu treinei para andar como Madonna.

Esse assunto virou tema nas minhas sessões de terapia. A conclusão foi que eu, por meio do meu comportamento, tentava atrair o meu pai ausente e fazer com que ele quisesse estar comigo, enquanto Totte, oito anos mais velho do que eu, era e continua sendo um substituto da figura paterna. Eu é que não sei. Acho que isso pode parecer meio nojento. Minha opinião é simplesmente que eu era uma menina de merda que tinha fixação pelo próprio ego e sonhava sonhos de merda. Mais ou menos como hoje, só que sem a capacidade de autoanálise.

O papel de parede ouviu tudo quando eu, aos treze anos, passava tardes inteiras no telefone com vários meninos para virá-los uns contra os outros e convencê-los a fazer pequenos "favores" para mim, como afanar um perfume ou uma revista cara que eu tivesse visto. Quando pedi a um menino de quinze anos que roubasse uma jaqueta de couro para mim, ele pediu em troca que eu batesse uma punheta para ele. Quando recusei, ele disse que já era o bastante se pudesse gozar na minha mão. Eu sabia *mais ou menos* como seria, mas assim mesmo fiquei surpresa com o resultado pegajoso. Ele agiu como se tivesse feito uma grande coisa e me dado um presente caro, mas em comparação a "Material Girl" aquilo era simplesmente ridículo.

Foi pouco antes do suicídio de Carola e da transformação causada por esse acontecimento. Eu parei de me comportar como uma *femme fatale* ou *dickteaser* ou qualquer outra denominação usada para se referir a uma mulher que se vale de insinuações sexuais que ela não pretende levar adiante. Parei de buscar admiração constante e, como um sinal externo da minha transformação, pintei as paredes de branco.

Mas o papel de parede sabe: os padrões nunca desapareceram por completo. Devo ter pintado camadas e mais camadas de autocrítica e empatia por cima do pequeno monstro que outrora fui, mas em algum lugar dentro de mim aquela menina ainda grita: "Olhe para mim! Me venere!" Não acho que eu teria participado dessa série de televisão se não fosse pela má influência dela. Que o diabo a carregue!

Existe um risco real de que eu perca a cabeça se for obrigada a passar mais tempo num cômodo decorado com aquele papel de parede. Como outras vezes, suspeito que alguém sabe disso e que esse é precisamente o efeito buscado. Afinal, crises e catástrofes dão boa audiência.

Mas com sorte nada disso vai acontecer.

16:02

Falta só meia hora para que Berit e Gösta voltem do centro recreativo e eu decido usar esse tempo para a minha atual *raison d'être,* minha razão de ser nesta terra: gravar vídeos de YouTube. Mesmo que eu não tenha os exércitos de seguidores de Alice, existem milhares de pessoas que estão em casa, ansiosas pelos meus ensinamentos nos caminhos da vida. Não faz absolutamente nenhum sentido, mas é o que eu faço.

Tenho o meu "estúdio" na varanda envidraçada, onde há muitas plantas diferentes. Uma *set designer* me ajudou a ajeitar as flores e as folhas para que servissem como um fundo estiloso, e um técnico em iluminação montou duas lâmpadas reguláveis e providenciou uma tela que reduz a intensidade da luz solar. Em frente à webcam fica uma cadeira de vime com espaldar alto. O vime foi tratado com óleo para não ranger, e é lá que eu me sento. Tudo parece muito profissional e muito luxuoso.

A *vibe* de Alice é "Jovem promissora", e no estúdio dela o fundo corresponde a esse ideal. A minha vibe é mais "Mulher bem-sucedida de meia-idade compartilha sabedoria de vida", ou talvez "MILF fala sem parar". A despeito da resposta, as plantas e a luz "natural" foram consideradas as mais desejáveis.

Oskar está a par de tudo e já apareceu com a câmera para me filmar enquanto eu também me filmo. Coloquei uma blusa justa para satisfazer a parte do público que me vê como uma MILF. A parte inferior do meu corpo não aparece no quadro, e em tese eu poderia estar nua lá embaixo. Mas não estou. Eu pergunto a Oskar: "Você está rodando?"

"Nah. Você quer que eu...?"

"Não. Eu só queria entender que porcaria de papel de parede é aquele que você comprou."

"Ora, é o papel que vamos usar. Ele é bem retrô, e além disso..."

"Por acaso *você* achou o padrão bonito?"

Oskar coça a parte de trás da cabeça e torce os lábios. "Para ser bem sincero: não. Mas acho que a gente tem um patrocínio daquela empresa Colour não sei o quê, que vende esses padrões retrô."

"Então você concorda que o papel de parede é feio?" "Concordo. Muito feio."

"E você não acha que seria melhor morrer do que morar aqui nesta casa?"

"Me parece um pouco exagerado."

"Tudo bem, então: você preferia se mijar em público ou colocar esse papel de parede na sua casa?"

Oskar dá uma risada. Uma risada totalmente natural e relaxada, que é quase um bálsamo para a minha alma e além disso confirma que pelo menos *esse* aspecto do banho inesperado não é de conhecimento público. Ele diz: "É mais ou menos por aí."

"Muito bem. Vamos começar, então."

Para controlar melhor o ângulo da filmagem eu uso uma webcam externa com o respectivo microfone. O técnico de áudio que configurou aquilo tudo parecia um *savant* que falava sem parar em redução de ruído, compressão e pico, e além disso cheirava a suor. Mas o som ficou bom.

Eu ligo a câmera com o controle remoto e um LED vermelho se acende. Me ajeito na cadeira, faço uns alongamentos, afasto um pouco as pernas, massageio o pescoço e aqueço a voz. Tudo para que Oskar, ou melhor, a produção, possa filmar um material que não vai aparecer no meu vídeo de YouTube. A cena deve virar um corte e receber tratamento profissional até parecer um comercial de amaciante.

Quando enfim me acomodo de verdade na cadeira de vime, olho para a webcam e digo: "Olá, meus queridos e minhas queridas. Espero que a vida esteja tratando vocês bem. Hoje eu gostaria de falar um pouco sobre uma coisa que eu chamo de *profundidade no dia a dia*. Ah, não é tão complicado quanto parece. É só uma questão de *valorizar* coisas que às vezes nem percebemos que existem."

Falo sem nenhum script. Claro que tenho uma ideia em relação ao tema antes de me sentar na cadeira, mas se existe uma característica minha da qual me orgulho, essa é a capacidade de criar frases gramaticalmente corretas sem nenhum tipo de preparo. Uma vez Totte, Alice e eu experimentamos falar sobre temas variados por um minuto sem nenhum tipo de preparo, mas logo os dois se irritaram comigo porque eu era claramente superior.

Tenho por hábito basear minha sabedoria de vida em fatos cotidianos, e assim continuo: "Eu tenho uma caneca que me acompanha desde a adolescência, por exemplo. Toda vez que pego essa caneca e a levo à boca, eu entro em contato com muitos, muitos anos da minha vida, com todas as milhares de vezes que tive essa caneca na mão. Pode soar banal, mas é justamente o oposto se você se deixar realmente *sentir*. E assim a vida e o dia a dia ganham profundidade."

Com a ajuda dos indicadores e dos dedos médios, faço um retângulo e o mantenho sobre o coração por um segundo ou dois.

A ideia é sugerir um símbolo a ser interpretado, como que para significar por exemplo que o meu coração está preso entre quatro paredes. Eu tomo o cuidado de inserir esse tipo de coisa em todos os meus vídeos. Uma vez desenhei um H com esmalte no meu anelar esquerdo, outra vez mostrei sem nenhum motivo a pena de uma gralha. E assim por diante.

Minha esperança é que um dia os meus seguidores comecem um movimento como o #FreeBritney. Que um dia alguém comece a coletar todos esses atos e objetos simbólicos como se fossem um pedido de ajuda, para que então outras pessoas comecem a analisar os meus vídeos em busca de mais símbolos e dividam seus achados umas com as outras, até — ora, por que não? — formar um movimento nacional.

Eu sei que os meus protestos sutis não têm a menor chance de dar certo. Quem poderia me salvar ou me libertar? Quero apenas seguir o protocolo, por assim dizer: dar a entender que eu estava ciente da minha situação e mandei sinais para o mundo exterior, como pequenas andorinhas de papel jogadas por entre as frestas da grade na janela.

Mas vamos adiante: "Claro que o que estou dizendo não se aplica só a essa caneca, mas a *todos* os objetos que temos ao nosso redor no dia a dia. Na próxima vez que você pegar a sua faca de cozinha favorita, tente *senti-la* na sua mão, sentir todas as camadas de tempo que existem nela. Você vai sentir que dessa maneira a sua vida ganha profundidade."

Abro o sorriso que é a minha marca registrada e faço uma pequena careta que nos comentários do YouTube já foi descrita diversas vezes como "superfofa" e no Flashback como "tesuda". Tudo está no olho do observador. Continuo: "Você acha que soa delirante? Então pense que essa também é uma questão ligada ao meio ambiente. Se aprofundamos a nossa relação com os objetos, ficamos menos propensos a acumular novos objetos, e assim usamos menos recursos da Terra. Uma pessoa que se mantém em contato com o passado tem menos necessidade de consumir."

Essa última frase foi uma inspiração do momento, e não tenho a menor ideia se realmente corresponde à verdade. Mas soou bem. Além do mais, não ligo a mínima para o meio ambiente, e o que eu mais gostaria era que a Terra queimasse amanhã mesmo. Ursos-polares? Por que eu me preocuparia com ursos-polares? Que fiquem bem longe de mim, em pedaços de gelo flutuantes.

Naturalmente eu não posso externar nada disso. Houve um dia na terceira temporada em que eu estava de saco cheio dessa merda toda e me arrisquei a dizer: "Eu só uso maquiagens testadas em animais, e de preferência em coelhos."

Na hora da edição, essa fala resultou em uma reunião não planejada da equipe de produção. Acharam que aquilo seria um escândalo pior do que quando Anna Anka contratou um anão para ficar com as crianças na véspera de Natal, e qualquer publicidade é boa publicidade — mas será que não havia limites?

Por fim chegou-se à conclusão de que, a despeito do contexto, uma fala como aquela seria o equivalente a matar o meu personagem. *Todos* me odiariam, e no longo prazo isso seria prejudicial para a série. A fala foi retirada na edição e eu levei um sermão do produtor e muitos olhares atravessados de Alice. Desde então a minha personagem se preocupa com o meio ambiente. O nosso belo meio ambiente.

Continuando: "Então se permita realmente *aproveitar* os objetos que são importantes para você, permita-se ver toda a profundidade ao seu redor, as lembranças de toda a vida incrível que você viveu. Não ache que tudo está aí por acaso. Existem pequenos milagres que esperam ser descobertos, e cabe a você procurá-los. Procure-os. E continue a viver."

Essas últimas palavras são o meu chavão. Todos os meus vídeos terminam com essa mesma frase. Mas tudo isso por uma caneca perdida? O que vou ganhar em troca?

16:34

Depois que terminamos a gravação com alguns comentários para a série, escuto que Berit e Gösta voltaram para casa. Vou até o corredor para encontrá-los antes que se tranquem nos respectivos quartos. Os dois andam contrariados pela casa na presença das câmeras, um detalhe que aprecio.

Como eu disse antes, meus filhos são fofos e a produção range os dentes por não poder explorar essa fofura. Berit tem nove anos, e Gösta tem sete. Quando chego no corredor, Gösta está pendurando a mochila num gancho. Ele se parece com Totte, mas tem um jeito um pouco mais delicado e mais feminino. Totte é mais charmoso, enquanto Gösta é mais... bonito.

Com Berit acontece exatamente o contrário. Ela puxou mais a mim, e assim parece uma princesa de conto de fadas, mas enquanto eu tenho uma fisionomia clássica, as diferenças no rosto de Berit a deixam mais... charmosa. Os meninos logo vão correr atrás dela com a língua para fora, e passado um tempo pode ser que a mãozinha dela esteja cheia de...

Interrompo o pensamento nesse ponto. Pode parecer que eu não tenho limites, mas o fato é que tenho — e muitos deles estão diretamente ligados às crianças. Mesmo que eu me ponha como um pedaço de carne na vitrine de um açougue, tomo muito cuidado com a integridade das crianças no que diz respeito ao trato com a produção e também em relação às minhas próprias fantasias. Para dar um exemplo, eu nunca pensei em sufocá-las com um travesseiro enquanto dormem.

Gösta se vira e me olha para ver se não tenho nenhuma câmera na mão. Agacho-me e digo: "Oi, meus amores. Como foi o dia na escola?"

Os dois balbuciam que foi bom. Faço mais perguntas e recebo mais respostas monossilábicas. Não é preciso nenhuma câmera para que as crianças adotem um comportamento totalmente distinto nos dias em que a produção está aqui em casa. Elas ficam mais lacônicas e mal-humoradas, e em geral andam com o olhar fixo no chão. Depois de pendurar as roupas, os dois querem ir para os respectivos quartos, mas eu abro os braços e os impeço.

"Só mais um pouquinho", digo. "Não quero que vocês saiam daqui antes de cada um me contar *uma* coisinha que aconteceu hoje."

Gösta e Berit se olham e Berit pergunta: "Uma coisinha *cada um?*" Ela pronuncia as duas últimas palavras com ênfase, como se essa fosse uma exigência muito além da capacidade humana.

"É", digo. "Uma coisinha cada um."

Da sala, ouço passos que chegam cada vez mais perto. Me viro e vejo que Oskar se aproxima com a câmera nos ombros, pronto para filmar. Ergo o indicador como se eu ralhasse com um cachorro malcomportado e digo: "Não! Vá embora!"

Oskar responde com um aceno de cabeça e segue em direção à escada. Talvez nem quisesse filmar nada, porque ele é o mais sensível de toda a equipe em relação a isso, mas eu quero demarcar território de uma forma que Berit e Gösta vejam e ouçam.

"Muito bem", digo para eles. "Agora podem me contar."

"Hmm", diz Gösta, mordiscando os lábios. "Eu desenhei um dragão."

"Que dragão?"

"Um dragão que cospe fogo."

"Muito bem. E o que o dragão fez depois?"

"Nada especial."

Espero por uma continuação que não vem, e em seguida me viro para Berit, que parece ter se preparado, já que no instante seguinte ela diz: "Eu fiz um quadro de miçanga."

"Ah, e o que era o desenho?"

"Nada. Um desenho, só. Podemos ir agora?"

"Podem. Claro. Podem ir sim."

Gösta e Berit saem com os passos silenciosos que adotam sempre que a produção está por aqui, como se quisessem renunciar a sua existência. Continuo agachada no corredor e de repente me sinto exausta.

Posso muito bem admitir logo: eu nem ao menos sei se amo os meus filhos. Não, eu não sei nem se sou capaz de sentir amor. Nem ao menos sei o que é o amor — e como eu poderia sentir saudade daquilo que nunca tive?

Quando mencionei o início do meu relacionamento com Totte, a espera em frente à entrada do Dramaten, as folhas de outono, os postes de iluminação pública, as ruas molhadas de Estocolmo etc., acho que usei a palavra "paixão", mas não foi bem assim. *Eu gostava de estar naquela cena,* e também de estendê-la pelo maior tempo possível, mas nunca senti paixão ou amor, e suspeito que essas palavras não passem de construções que as pessoas idealizam com o objetivo de acrescentar um tempero à própria vida. Mais ou menos como os meus vídeos de YouTube. Não seria nenhuma surpresa descobrir que não acredito em nenhuma das palavras que eu digo, certo? "Permita-se ver toda a profundidade ao seu redor." Pelo amor de Deus. Como se a existência fosse mais do que uma superfície!

16:45

Mais do que tudo eu me lembro da luz, uma luz tão intensa que chegava a *bater* no corpo, como se tivesse uma forma física. Não adianta fechar os olhos, porque a luz atravessa as pálpebras, adentra os poros, corta a carne como uma faca laser. É uma luz devoradora, e tudo queima com um brilho intenso que nos cega.

Se não estou enganada, esse fenômeno leva o nome de "sinestesia". As pessoas misturam sentidos diferentes, e sentem que um determinado estímulo visual tem um gosto específico, por exemplo. E com essa luz é assim, porque ela tem um *som*. Talvez se pudesse achar que o som tem origem na fonte de energia que gera a luz, mas não é nada disso. É a luz-em-si que emite um zumbido de alta frequência, não muito diferente daquele causado por um enxame de mosquitos.

Muitas vezes pensei que tudo o que aconteceu dentro de mim na verdade aconteceu dentro da luz, que a luz seria por assim dizer a entidade, o agente. Mas nesse caso tudo acaba muito parecido com as ideias acerca de Deus, e essa é uma situação que eu não posso aceitar. Deus não tem nada a ver com o que acontece por aqui — tenho praticamente certeza, mesmo que a possibilidade não possa ser eliminada *por completo.*

Talvez a descrição de uma luz devoradora e da maneira como os meus pés se desprendem do chão soe espiritual ou etérea, mas a verdade é que as minhas experiências não têm nada de espirituais. São experiências físicas muito próximas da tortura, mesmo que eu saiba que a intenção não é causar dor, mas apenas buscar conhecimento. De certa forma eu consigo perdoar, ainda que o meu perdão não seja pedido de nenhuma forma.

Essa questão é um conceito tão fundamental no que diz respeito à minha integridade que até mesmo palavras como "conceito" e "integridade" perdem o sentido. Para mim seria uma alegria tratar o fenômeno como um conceito metafísico, não fosse o fato de que se trata de um fenômeno terrivelmente concreto. Já mencionei os instrumentos reluzentes. A esses podemos acrescentar mangueiras, agulhas, estiletes e insetos eletrônicos. Essas denominações com certeza não estão corretas, mas ao menos servem para descrever a *função*. As palavras faltam.

O realmente assustador é que eu nem ao menos sei ao certo se isso é um processo acabado ou se ainda se encontra em pleno andamento. Nesse último caso, minha situação é consideravelmente pior do que aquilo que expresso agora.

Quando Oskar desce a escada ele me encontra deitada no chão do corredor, com o olhar fixo no teto. É o que em geral acontece quando penso sobre esses assuntos. Logo me coloco de pé mais uma vez e faço um comentário qualquer a respeito de esticar a coluna. Mas eu vejo que ele não acredita em mim.

16:48

Oskar faz um gesto em direção à câmera que tem pendurada ao lado e pergunta: "Você acha que podemos gravar uns comentários a respeito daquilo que aconteceu no café?"

"Aquilo o quê?"

"Ora, você sabe. O seu... banho."

"Por acaso isso é interessante?"

"Você conhece bem o procedimento geral nesses casos, não?"

Claro. Conheço muito bem. Quando alguém diz ou faz uma coisa que se desvia minimamente do esperado, essa pessoa é chamada a se explicar. "Eu pensei que...", "Eu senti que...", "Eu achei que..." simplesmente agir sem um motivo ou uma intenção clara não é um comportamento reconhecido. Eu diria que a família Hallberg é bem impulsiva, e assim mesmo somos os mais ponderados entre as famílias. Como sou uma pessoa verbal, não tenho nenhuma dificuldade para formular encadeamentos de motivos para comportamentos inexplicáveis — mas Totte muitas vezes hesita e não sabe o que dizer quando precisa fazer o mesmo, às vezes com resultados dolorosos.

Não sinto nenhuma vontade de acrescentar peso adicional à minha tentativa de fuga, mas sei que não há escapatória. Não posso dar um passo em falso sem explicar por quê, e se não houver explicação preciso ao menos explicar *como me senti* em relação ao que aconteceu.

Assim, minha pequena fuga para tomar um banho precisa ser comentada. Com certeza a cena vai ser mencionada na sinopse do episódio ou até mesmo na sinopse da temporada como um todo, e é bem possível que também dê início a fios no Flashback nos quais se discute precisamente o fato de que sou louca e em que posição os usuários gostariam de me foder como castigo. O de sempre.

Eu digo: "Vamos filmar na varanda".

A varanda envidraçada, que também funciona como sala de jantar, é o cômodo mais bonito da casa, mas o motivo para que eu a tenha escolhido como local de filmagem é que também é o cômodo que se encontra mais distante das crianças. Tenho dificuldade para mentir quando as crianças podem me ouvir, porque sei que elas percebem o que se passa dentro de mim e se deixam influenciar negativamente, em especial Gösta. Ele às vezes me olha com um olhar de tristeza cósmica quando percebe que estou interpretando um papel.

Oskar fixa a câmera num tripé e logo se dá por satisfeito com a tela que reduz a intensidade da luz, porque o objetivo é dar um ar levemente improvisado à cena. Sento num banquinho simples, que me obriga a adotar uma postura um pouco mais tensa, ao mesmo tempo em que me confere uma aura de inteligência e humildade. Pelo menos é o que eu espero.

Oskar começa a filmar e pergunta: "Muito bem, Heidi. Você pode contar o que foi que aconteceu mais cedo no lago?"

As perguntas mais tarde serão cortadas na edição, o que dá a impressão de que vivemos numa família com necessidade constante de fazer confissões. Eu ajeito um cacho de cabelo atrás da orelha, umedeço os lábios e digo: "Simone de Beauvoir falou sobre a necessidade de transcendência das pessoas em geral, e em particular das mulheres, ou seja: a necessidade de se erguer acima das contingências existenciais..."

Essa é uma tática que eu uso. Segundo o que li nas mídias sociais, a maioria das pessoas para de ouvir quando eu começo a falar desse jeito. Dizer "Simone de Beauvoir", "transcendência" e "contingências existenciais" numa única frase com certeza vai criar a necessidade de uma pausa para fazer xixi ou responder mensagens. A não ser por um pequeno número de feministas radicais, é claro. Essas vão apurar os ouvidos para mais tarde esculachar a minha ignorância no assunto em um fórum online qualquer.

Prossigo: "Beauvoir falou sobre um contexto bem mais amplo, mas eu acredito que também podemos criar mini transcendências quando deixamos para trás os padrões estabelecidos. Percorrer um trajeto diferente na caminhada matinal, vestir uma blusa que nunca usamos ou ainda entrar na água, mesmo num momento inesperado. Surge assim um instante de *liberdade* em que conseguimos surpreender a nós mesmos. Hoje no meu canal eu falei sobre a profundidade no dia a dia, e essa é mais uma forma de atingi-la. Eu tento simplesmente me transformar numa pessoa *mais viva*."

As coisas que eu falo são um amontoado de baboseiras. Eu sei, Oskar sabe. Mas eu me comprometi a criar um contexto, mesmo que ninguém se interesse. Penso em citar Heidegger também, mas no fim chego à conclusão de que não vale a pena. Além do mais, ouço os barulhos de Totte na cozinha, o que significa que o jantar está a caminho.

Viro a cabeça de lado, sorrio para Oskar e digo: “Está bom assim?”

Oskar suspira, balança a cabeça e responde: “Claro, Heidi. Claro.”

17:03

Sento num banco alto em frente à ilha da cozinha, apoio a cabeça nas mãos e observo enquanto Totte manuseia a frigideira e as panelas, todas de cobre. Peter, o cinegrafista, filma enquanto Totte de vez em quando solta comentários sobre o que está fazendo enquanto pica a sálvia e limpa o cordeiro.

Agora eu vou contar uma história realmente dolorosa, que dessa vez não diz respeito a mim, porém a Totte. Quando nos conhecemos ele não tinha nenhum interesse pela cozinha, e como os meus conhecimentos nessa área são bem limitados saíamos bastante para comer. Tempos depois Totte assistiu a uns minutos da série culinária *Vad blir det för mat,* com Per Morberg.

Eu nunca toquei no assunto com Totte, mas acho que foi naquele momento que ele percebeu que era possível fazer comida de um jeito "másculo". Nada de toques delicados com a ponta dos dedos, não: em vez disso, punhos de homem, que picavam os ingredientes meio de qualquer jeito e atiravam tudo na panela, de preferência com o acompanhamento de um palavrão.

Enfim, a despeito do que possa ter acontecido, o fato é que Totte comprou um conjunto de panelas de cobre supercaro e decidiu trocar o fogão elétrico por um fogão a gás, talvez porque gás fosse mais perigoso e porque trocar o botijão é uma tarefa digna de um homem. Não faço mais do que especular.

Como pode ser que eu nunca tenha falado sobre o assunto com Totte, já que não sou do tipo que guarda a curiosidade para si? A resposta é simples: porque ele volta e meia prepara uma comida excelente e eu não quero assustá-lo dando a entender que ele está simplesmente imitando Morberg. Extrapolando um pouco o sentido usual da expressão, dá para dizer que a comida de Totte *me faz comer em silêncio.*

Alice entra na cozinha e faz uma careta ao perceber o que Totte está preparando. "*Argh*!", exclama ela. *"O que* é isso?"

"Cordeiro", responde Totte. "*Bé-é-é*!"

Alice com frequência tem eventos noturnos, e hoje é um desses dias. Ela receberá alguma coisa para comer, talvez canapés veganos, e assim Totte fica livre para cozinhar o animal morto que preferir, desde que não seja porco. Em seguida voltamos a esse detalhe.

Nesse momento, Totte está no ápice. Ele derrama conhaque no cordeiro e flamba a panela. As labaredas sobem. Provavelmente ele gostaria de fazer aquilo sem camisa, se possível com "Iron Man" do Black Sabbath tocando ao fundo. Ele agita o cordeiro em meio às labaredas e grita: "Bééé! Bééé! Socorro!"

"Você é doente", diz Alice. "Tem ideia de como os animais são tratados nos abatedouros, e como todo o sistema de criação é danoso para o meio ambiente? Cordeiro é tipo *o pior exemplo*."

O cinegrafista faz cara feia, e eu sei muito bem por quê. Alice já repetiu essa mesma frase quase palavra por palavra antes, e por isso a cena não pode ser usada. Num rompante, decido fazer um favor para a produção e digo: "Mas a criação por humanos facilitou bastante a vida das ovelhas enquanto espécie!"

"Você está bem?", pergunta Alice, levando as mãos à cabeça. "Por acaso você acha que só porque as ovelhas são criadas em grande número elas *não se importam* de serem torturadas até a morte?"

"Mas evolutivamente elas vão muito bem, obrigada."

"*Evolutivamente* as ovelhas vão queimar como todo o resto quando esse planeta for para o inferno!" Alice faz menção de falar mais, porém logo se detém e me encara com os olhos apertados. "Espere. Você só está dizendo essas coisas para me provocar, né?"

Dou de ombros. "Eu estou simplesmente trazendo outra perspectiva."

É claro que estou provocando — por que mais eu me importaria com a ovelha, ou com o animal que fosse enquanto espécie? Mas a produção conseguiu duas ou três frases úteis para a edição, e Alice pôde sinalizar o próprio engajamento. Todos saem ganhando. Até mesmo Alice parece ter percebido: a linguagem corporal dela parece mais relaxada. Ela ergue as sobrancelhas e abre um sorriso torto.

"Béé", diz Totte.

A história sobre não se importar com os bichos é verdade. A única exceção são porcos. Eu parei de comer porco aos dezoito anos. Todas as outras carnes eu como de bom grado, mas não porco. Isso porque eu tive um *momento* com um porco aos dezoito anos.

A maneira como formulei a frase acima parece meio ruim, então vou reformular: aos dezoito anos eu *conheci* um porco. Foi durante uma viagem escolar no último ano do segundo grau. A turma se hospedou em um vilarejo na Estônia, e passamos boa parte do tempo de um lado para o outro, bebendo cerveja, mas certas atividades tinham sido planejadas, como a visita a uma fazenda.

Na época, eu dava a impressão de ser uma jovem perfeitamente funcional, que além do mais tirava notas altas e tinha um visual de modelo de passarela. É importante notar que "visual de modelo de passarela" não é o mesmo que "bonita". Um rosto que sai bem em fotografias pode se revelar excessivamente anguloso e desumano, quase feio ao vivo. Além disso havia a frieza habitual do meu caráter, e assim é fácil entender que eu não tinha praticamente nenhum admirador — o que para mim era ótimo. Eu não queria saber de ninguém.

Talvez pareça surpreendente, mas antes da viagem à Estônia eu nunca tinha visto um porco na minha frente. Fui criada na cidade, e não tenho nenhum parente que more no interior. Vacas e cavalos eu já tinha visto, porque é mais fácil encontrá-los em outros ambientes, mas no caso dos porcos você precisa realmente *procurá-los,* e nunca havia surgido uma chance de fazer isso.

Fomos à essa fazenda que ficava nos arredores de... Liski? Piski? O cheiro que me recebeu quando eu desci do ônibus deixou imediatamente claro que aquilo não era para mim. Talvez eu pareça metida, porém note bem: para uma pessoa que está totalmente desacostumada e despreparada e de repente sente um cheiro forte de bosta, a última ideia que passa na cabeça é *Ótimo, quero ir para lá!*

Quando o fazendeiro chegou e disse em inglês rudimentar que nos levaria para dar uma volta pela fazenda eu fingi um mal-estar e assim fiquei ao ar livre enquanto os outros seguiram o cheiro de merda. Fiquei zanzando de um lado para o outro e encontrei uns morangos, que espetei numa palha de capim, quando de repente um barulho chamou a minha atenção.

Apesar do que eu disse acima, não sou uma idiota *total* no que diz respeito aos animais. Mesmo que eu nunca tivesse visto um porco de verdade, eu conhecia o som desses bichos, porque isso faz parte de uma educação normal. "O cachorro diz au-au", esse tipo de coisa. E o porco diz óinc.

Dei a volta no celeiro e encontrei uma... como se diz mesmo? Baia? Um cercado? Eu sei o que significam as palavras "transcendência" e "existencial", mas ignoro o nome do lugar onde se cria um porco. Vou dizer "cercado", e nesse cercado havia três porcos que, segundo imagino, eram de tamanho médio. Eu tinha uma ideia vaga de que porcos deviam estar sempre cobertos de lama e com a cara suja de muco, mas aqueles três estavam limpos e bem-cuidados. Fiquei surpresa ao notar que eu os achei bonitos, com os corpos atarracados e as pernas curtas. Mais bonitos do que a maioria dos cachorros.

Sentei de pernas cruzadas no chão, a um metro das barras do cercado. Assim como eu me interessei pelos porcos, logo um deles começou a demonstrar interesse por mim. Ele se aproximou da barreira que nos separava, colocou o focinho entre as barras e ficou me olhando. Nós dois ficamos assim.

É difícil explicar o que aconteceu, mas foi como se uma coisa se passasse entre nós dois, como se tivesse havido uma troca. Fui tragada pela inteligência naquele olhar, pela compreensão que imaginei perceber. Talvez soe egocêntrico, mas tive a impressão de que o porco me *viu,* e olhei para ele como eu nunca olhei para nenhum ser humano e fiquei como que enfeitiçada pelo tempo que durou aquela comunicação muda.

Aos poucos o meu olhar deslizou em direção à cara delicada e sensível que farejava o ar e de repente fui tomada por uma tristeza enorme. Eu sabia por que aquele porco estava lá. Logo alguém trataria de matá-lo e cortá-lo em pedacinhos, aquela mesma criatura que eu tinha visto lá e que me havia proporcionado um contato que despertou em mim um sentimento próximo do amor, na medida em que entendo desses assuntos.

Era um pensamento quase insuportável, e as lágrimas encheram os meus olhos. O porco deu a impressão de perceber que eu estava triste, pôs a cabeça meio de lado e soltou o que imaginei ser um grunhido de consolo, o que me levou a chorar de verdade. Como *aquela criatura* podia estar consolando *a mim?*

A porta do celeiro se abriu e a minha classe saiu, acompanhada pelo fazendeiro. Engoli o choro, enxuguei as lágrimas do rosto e me levantei. Virei as costas para o porco e não consegui mais sequer olhar em direção a ele. Se ele continuasse me olhando eu começaria a chorar outra vez. No ônibus de volta ao vilarejo eu decidi que nunca mais comeria carne de porco.

17:40

Comemos na cozinha, e mesmo eu tendo pedido aos cinegrafistas que nos deixassem a sós, Berit e Gösta continuam tão fechados como estavam ao chegar em casa. De vez em quando eles se olham e eu imagino perceber uma forma de compreensão mútua.

"O que foi?", pergunto depois de um tempo. "Eu estou vendo que tem alguma coisa que não está legal."

Mais uma vez Gösta olha para a irmã, que faz um aceno de cabeça praticamente imperceptível. Gösta se inclina por cima da mesa, baixa a voz e pergunta: "Quanto tempo *eles* vão ficar aqui?"

"Você quer dizer o pessoal da produção? Eles estarão aqui hoje e amanhã, e depois voltam no fim de semana, quando a gente..."

"Mas *por quanto tempo?"*

Totte larga o copo de vinho e franze a testa. "A sua mãe acabou de responder."

Gösta lança um olhar que mais parece um pedido de ajuda à irmã, que diz: "Então eles vão estar aqui no ano que vem e depois no outro? Eles vão estar aqui *para sempre?"*

"Vai depender do número de espectadores", Totte responde. "Enquanto as pessoas quiserem assistir, bem..."

Gösta ergue a voz. "Mas então *a gente* não decide nada?"

"Claro que decide", respondo. "Somos nós que decidimos que eles podem estar aqui."

Gösta abre as mãos e quase derruba o copo de leite. "Mas então a gente não pode decidir que eles *não* podem estar aqui?"

"Não é tão simples", Totte responde. "Assinamos um contrato que diz que eles podem estar aqui. Agora mesmo, por exemplo, o pessoal da produção só não está nos filmando porque eles são legais."

"O contrato diz que eles podem ficar aqui para sempre?", pergunta Berit.

"Não, querida", digo. "É só por essa temporada. Depois devemos assinar um novo contrato." Evito mencionar que eu não assinei contrato nenhum.

"Devemos?", pergunta Berit. "Existe um contrato que diz que vocês *devem* assinar um novo contrato?"

É um pensamento bem complexo para uma criança de nove anos. Não tem nada de boba, essa menina. Eu sorrio, balanço a cabeça e digo: "Não, não existe um contrato desse tipo."

A essa altura Gösta não consegue mais se conter. Com um gesto teatral, ele aperta os punhos fechados contra as têmporas e pergunta: "Mas por quê? *Por que* vocês assinaram esse contrato?"

Totte faz uma cara feia. Eu sei que ele tem sentimentos contraditórios em relação a *Em casa com os Hallberg*. Por um lado ele gosta da atenção, mas por outro acha pouco másculo ou até mesmo feminino exibir os próprios sentimentos na TV. Essa contradição o leva a se irritar com os questionamentos acerca da existência da série. Uma sensação agressiva o incomoda, e depois de engolir o pedaço de carne que tem na boca ele diz: "Esse simplesmente é o nosso ganha-pão."

"O que significa ganha-pão?", pergunta Gösta.

"É o que você faz para ganhar dinheiro", Berit responde.

"Mas a gente não tem um monte de dinheiro?", pergunta Gösta enquanto olha ao redor em busca de uma confirmação. "A gente não é *rico?*"

"Não, não somos", diz Totte, "e dinheiro não dá em árvore."

Uma mentira e uma obviedade numa única frase. Mesmo que muitos dos milhões que Totte ganhou em Hollywood tenham sido investidos na casa, ainda restam dois ou três. E além disso o meu pai aplicou dinheiro num fundo desde o meu nascimento até os meus dezoito nos, e lá eu tenho três milhões que continuam a render. Não somos a família Wallenberg, porém a maioria das pessoas diria que somos pelo menos próximos de ricos. Não *precisamos* gravar *Em casa com os Hallberg* para manter a cabeça acima d'água, mas simplesmente o mínimo para não afundar não faz muito o nosso estilo.

"Mas e a casa?", Gösta insiste. "A gente não pode vender e comprar uma menor? Essa é *tão grande!*"

"Ora, o que você tá dizendo?", pergunta Totte, servindo vinho com o gargalo encostado na taça. "Você quer que a gente vá morar na periferia?"

"Eu posso morar na periferia", diz Berit. "Eu posso morar em Kista."

Gösta concorda com um aceno de cabeça e Totte se engasga com o vinho. Quando termina de tossir ele diz: "Querida, você não tem *a menor ideia* de como é crescer na periferia. Você seria devorada em cinco minutos."

"Devorada?", Gösta repete. "De verdade?"

"Não, é só uma figura de linguagem. O que eu quero dizer não é que alguém devoraria a sua irmã, mas que..."

Os olhos de Gösta se enchem de lágrimas e a voz dele quebra quando ele o interrompe: "Eu só quero que as câmeras saiam daqui. Eu só quero que a gente seja uma família *normal*."

"Ah", exclama Totte enquanto o rosto dele se fecha. "Mas nós não somos uma família normal."

Estico-me por cima da mesa e acaricio o braço de Gösta. "Querido, precisamos ver. Por enquanto ainda temos que terminar essa temporada. Depois veremos."

"Nós não combinamos nada em relação a esse assunto", Totte retruca irritado.

"Não. Mas talvez fosse uma boa ideia."

Deixei-me levar, e por um instante consegui esquecer que tudo diz respeito somente a mim. Trato os "membros da família" como se eu realmente estivesse em um diálogo real, como aconteceu quando eu estava na companhia do porco. Talvez possam me desculpar agora, quando tudo parece incrivelmente bem-feito. Claro que eu e Totte jamais vamos discutir o futuro da série, porque esse futuro não existe, mas assim mesmo foi bom poder viver por um tempo num presente fictício.

"Mamãe", Gösta me chama. "Vamos jogar memória?"

Totte me interrompe antes mesmo que eu possa responder. "Primeiro a mamãe vai ler comigo. Depois talvez."

Gösta parece confuso. "Vocês vão ler o quê?"

"Um script", respondo. "As falas do seriado que o papai vai fazer."

"É aquele com o policial louco?", pergunta Berit.

"Ele é um perito criminal e é bipolar", Totte responde com os cantos dos lábios voltados para baixo. "Como absolutamente todos os personagens dessas séries policiais de merda que fazem hoje em dia, aliás."

"Papai, você disse um palavrão!", diz Gösta, animado.

"Mas papai! Talvez você ganhe *muito* dinheiro com a série, e assim as câmeras podem ir embora *sem* que a gente precise se mudar para Kista!"

"Sonhar não custa nada", Totte responde. "Continue sonhando."

18:10

O sofá da sala é mais um mote para a ficcionalização continuada de nossa vida. É um sofá modular da Eilersen que custou mais de noventa mil coroas, mas permite ao comprador pronunciar as invejáveis palavras "design dinamarquês". Além disso, o sofá é confortável e comporta até cinco pessoas bem acomodadas. Eu considero esse sofá como um dos nossos investimentos menos desvantajosos.

Eu e Totte nos sentamos nas pontas, cada um com um maço de folhas do script na mão. A série chama-se "Cena do crime: Estocolmo", e é em parte inspirada na série dinamarquesa *Rejseholdet*. Uma força-tarefa formada por três mulheres e dois homens vai a diversos pontos de Estocolmo para resolver assassinatos antigos e recentes. Totte faz o papel de um perito criminal que de vez em quando aparece e faz contribuições de caráter técnico, mais ou menos como Boysen na série original.

Totte resmungou que o papel é muito pequeno, mas no fundo acho que ele está aliviado. Ao longo dos últimos anos ele parou de fazer teatro porque perdeu a capacidade de memorizar textos longos. O último grande papel que ele teve foi o de Shylock em *O mercador de Veneza* cinco anos atrás, e no longo monólogo ele muitas vezes se perdia ou via-se obrigado a improvisar. No cinema e na TV essas falas longas são bem mais raras, em especial no caso de personagens secundários.

Peter nos filma. Se fazer nenhum ruído, anda ao redor do sofá e tenta encontrar diferentes ângulos e perspectivas. Estou tão acostumada que noto a presença dele apenas como eu notaria a presença de um gato, mesmo que seja um gato enorme e sensível.

Folheamos as páginas até encontrar as cenas das quais Totte vai participar. Um homem enforcado foi descoberto num andaime em Hässelby, e quando a equipe chega Jens Berg, o personagem de Totte, já está no local para examinar o cadáver e preservar a cena.

"O que você acha?", pergunto, lendo o script. "Tem alguma coisa?"

"Espere um pouco", diz Totte, para então folhear o script, baixar as folhas e soltar um suspiro. "Que merda. Eu só tenho três páginas!"

"Então tire o maior proveito possível."

"*Make them count,* era o que sempre diziam quando... ah, espere um pouco..."

O olhar de Totte sobe e desce ao longo da página enquanto os lábios dele fazem pequenos movimentos. Para ter o que fazer, eu também memorizo as minhas falas. Não existe nenhum tipo de subtexto no diálogo, mas pelo menos o tratamento é bem realista. Quando noto que Totte ainda não está pronto minutos depois, começo a memorizar a página seguinte também. Peter parou de filmar e está olhando para o jardim com um olhar cansado.

"Muito bem", diz Totte enquanto baixa as folhas do script, o que por sua vez leva Peter a pegar novamente a câmera. "*Hit me.*"

"O que você acha? Tem alguma coisa?"

"É, *alguma coisa* tem. Se você olhar bem para a pele que cobre o pomo de adão, parece menos um ferimento causado por constrição do que por con... con..."

"Contusão."

"Contusão? Porra, quem é que fala assim?"
"Um perito criminal, segundo parece."
"Mas ninguém sabe o que essa merda de fala quer dizer!"
"É um ferimento provocado por um impacto."
Totte suspira e ergue as sobrancelhas com um jeito irônico. "Bom, que *você* saiba não me impressiona, mas e as pessoas normais?"
"Tudo é explicado na página seguinte."
"Mas você já sabia antes, não?"
Decido contar uma mentira branca para manter a paz familiar e respondo: "Não. Vamos continuar? O que você acha? Tem alguma coisa?"
Totte limpa a garganta e fala um pouco mais devagar. "É, *alguma coisa* tem. Se você olhar bem para a pele que cobre o pomo de adão, parece menos um ferimento causado por constrição do que por contusão."
Sem olhar para o script eu digo: "Mas ele morreu sufocado, não?"
"Tudo indica que sim, mas a questão é saber *como* ocorreu o bloqueio do pescoço..."
"Traqueia. Como ocorreu o bloqueio da traqueia. A traqueia é por onde as pessoas respiram."
"A questão é saber *como* ocorreu o bloqueio da traqueia. A traqueia é por onde as pessoas respiram."
"Não, isso fui eu que disse."
"Como?"
"*A traqueia é por onde as pessoas respiram* fui eu que disse. Não é uma fala do texto."
Totte olha com uma cara feia para o script e esfrega os olhos. "Para que essas porras desses termos técnicos?"

"Para criar um efeito de verossimilhança."

"Verossimi... às vezes você age mesmo como uma cadela, sabia?"

Eu dou uma risada e quase emendo "obrigada" quando de repente sinto o corpo inteiro gelar. *Verossimilhança. Cadela.* Por que tenho a impressão de reconhecer essas palavras? Sou tomada por um déjà-vu tão forte que é como se um buraco enorme se abrisse no meu peito: de repente tenho a impressão que já tivemos aquela conversa *exata* antes, talvez por diversas vezes.

A traqueia é por onde as pessoas respiram. Eu também já disse isso. Muitas vezes. É como se eu fosse a atriz de uma peça, que todas as noites sobe no palco para repetir as mesmas falas da noite anterior, tudo conforme o script. Mas não existe script nenhum para as cenas que protagonizo com Totte, e eu não sou a atriz por aqui. Certo?

Já perdida nos meus pensamentos, começo a refletir: será que o meu próprio diálogo com Totte soa realístico? Será que as pessoas falam assim? Se eu lesse as nossas falas no papel, será que eu poderia ter a impressão de que eram ditas por pessoas de verdade?

"Peter?", eu chamo enquanto me viro profundamente contrariada em direção ao cinegrafista. "Você acha que a gente é... verossímil?"

"Como?"

"Eu e o Totte. Quando a gente fala. Soa realístico?"

Ouço um ruído quando Peter coça a barba curta sem baixar a câmera, e por fim ele diz: "Ora, como assim? Vocês falam do jeito que falam."

"Mas e se não for assim?"

"Não entendi."

"Heidi", diz Totte. "Pare de agir como uma *louca.*"

O fato é que as últimas frases fizeram com que eu me sentisse um pouco menos *louca* porque eu não as reconheci. Eu nunca as tinha dito antes. É um alívio tão enorme deixar o abismo do déjà-vu para trás que eu digo: "Jingle bell, jingle bell, acabou o papel".

Totte franze as sobrancelhas. "Qual é o problema com você?"

Abro um sorriso triunfante. Eu também nunca tinha dito isso. Mas eu não posso simplesmente falar arbitrariedades improvisadas para fugir do círculo. Deve haver outra forma. Preciso dar um jeito de encontrá-la.

"Será que podemos continuar?", pergunta Totte.

"Claro. Vamos continuar. Mas ele morreu sufocado, não?"

"Vamos desde o início."

"Claro. Desde o início vamos."

Totte baixa o script. "Por que de repente você resolveu falar que nem o Yoda?"

Balanço a cabeça — não para a pergunta de Totte, mas porque sinto que mesmo essa conversa torta já aconteceu antes e já teve como resultado essa resposta de Totte me comparando ao Yoda. Mesmo assim, faço um último esforço e digo: "Diferentes maneiras de falar experimento para o realismo aumentar."

"*Agora* você não soou muito verossímil, Heidi", diz Peter.

"Como o que é verossímil para mim vocês podem saber? Talvez para mim o natural isso seja."

Sinto um nó na garganta e meus olhos ardem quando reconheço até mesmo essa fala. Tento me lembrar da última coisa que eu disse que soou *nova*. Ah, foi a frase sobre realismo e verossimilhança. Será que eu nunca tinha questionado essas coisas antes? Não, acho que não.

Mesmo assim, reconheço os pensamentos e tenho praticamente certeza de que eu já os pensei antes. Será que os meus *pensamentos* também estão no círculo? Devem estar, porque os pensamentos são a origem das palavras. Ou será que de fato existe um script e eu estou simplesmente dizendo as minhas falas sem pensar? Onde está esse script? Quem o escreveu?

Sinto uma mão no meu joelho e ouço a voz de Totte: “Heidi, o que foi?”

Percebo em parte que eu devia estar com olhar fixo no nada, em parte que o meu rosto está umedecido pelas lágrimas. Enxugo os olhos com uma ponta da blusa e digo: “Eu só estou um pouco cansada. Será que a gente pode deixar isso para depois?”

O enxugar dos olhos. A minha fala. Inúmeras vezes.

A diretora de gravação Malin entra para discutir a storyline de Totte para o dia seguinte. Eu me levanto do sofá para jogar memória com as crianças. A minha vida é a repetição de uma lembrança.

18:35

Subo a escada devagar para ter tempo de me recompor. No meio do caminho eu paro e me agarro ao corrimão para manter-me aqui na Terra, por assim dizer, na medida em que ainda me encontro aqui. Baixo a cabeça e respiro fundo, sinto os pulmões se expandirem e se encherem de ar, a oxigenação do sangue. Apesar de tudo, preciso supor que estou mesmo por aqui.

Ouço as vozes baixas das crianças atrás da porta fechada do quarto de Gösta. Talvez elas estejam bolando um novo plano ainda melhor para evitar o reality. Não pense nem por um instante que a ironia me escapa: justo eu me encontro num reality, ou seja, na realidade. Seria engraçado se não fosse horrível.

Vou até a porta do quarto de Gösta para bater. Mas não é o que acontece. Quando chegam na madeira da porta, meus dedos simplesmente a atravessam, como se a porta fosse feita de ar. Toda a minha mão a atravessa, e por um instante eu pareço uma amputada com o pulso encostado na porta. Assusto-me e puxo o braço de volta, olho para a minha mão e mexo os dedos. A mão não sofreu nenhum tipo de ferimento, e a minha sensibilidade é normal.

Eu olho para a porta. Ela parece sólida. Pisco algumas vezes. Será que meu senso de distância está fodido a ponto de eu haver tentado bater à porta vinte centímetros *antes* da superfície? Mas a minha mão desapareceu, como se tivesse atravessado a madeira. Será que já não posso mais confiar na realidade tangível?

Aos poucos, estendo a mão em direção à porta, e dessa vez encontro resistência. Meus dedos encostam na madeira, que mais uma vez se apresenta como um objeto físico. Por sorte não temos câmeras aqui. Ou melhor, talvez seja uma pena: seria bom ter provas em vídeo de que a minha existência está se desfazendo, se for mesmo este o caso. Ou talvez simplesmente haja algo de muito, muito errado comigo.

Engulo em seco, tomo coragem e bato. Não há nenhum problema. Ouço o *toc-toc* quando os nós dos meus dedos batem contra a superfície dura. "Entre", ouço a voz de Gösta no interior do quarto. Quando abro a porta, as crianças estão sentadas no chão, jogando memória. Sei que é uma pergunta idiota, mas assim mesmo a faço: "A minha mão por acaso não apareceu aqui dentro? Agora mesmo?"

Berit põe a cabeça meio de lado, como se tivesse ouvido errado: "Como assim?"

Tenho que parar com isso. Agora. Mesmo que a minha mão tenha de fato entrado no quarto, não há por que achar que Gösta e Berit estariam olhando para a porta naquele exato momento. Pare com isso. Sento de pernas cruzadas no chão e digo: "Vamos jogar?"

Gösta embaralha as peças dispostas no chão. As figuras são imagens de *Star Wars*. A associação feita por Totte em relação a Yoda não foi muito exagerada, porque ele é fã da série e já assistiu a todos os filmes com Gösta num contexto de pai e filho inadequado para a idade dele. Totte foi selecionado para um papel coadjuvante num dos novos filmes, mas no fim não deu certo. Essa foi uma das maiores frustrações profissionais da vida dele.

Quanto a mim, não vi nenhum dos filmes, e os personagens que Gösta chama de Xubaca, Jabaderrut e Cailoren são totalmente desconhecidos para mim, mas afinal o jogo consiste em encontrar figuras idênticas. Talvez seja uma surpresa, mas eu sou péssima em jogo de memória e provavelmente um chimpanzé jogaria melhor do que eu. Mas pode ser por isso mesmo que as crianças querem jogar comigo.

As peças são viradas e desviradas. Já na oitava peça virada Gösta consegue formar um par — uma figura com capacete que tem apenas uma fresta como visor, a quem Gösta chama de Bobba Fett.

"É sério?", pergunto. "Esse é *mesmo* o nome dele?"

Gösta revira os olhos: "Ah, mamãe! Você *sempre* faz a mesma pergunta!"

À luz do que aconteceu na sala, faria todo o sentido, mas acredito que o déjà-vu de Gösta tenha um caráter mais cotidiano: ele deve apenas achar que estou sendo falante mais uma vez. Mesmo assim eu respondo: "E toda vez eu acho que vocês estão pregando uma peça em mim. Como pode um personagem que parece durão se chamar *Bobba Fett?* Seria como se chamar Píppi Cocozinho ou qualquer coisa do tipo."

Berit leva as mãos à boca e ri daquele jeitinho encantador como sempre faz quando digo coisas que ela mesma chama de *Proibidas para as crianças,* enquanto Gösta fica sério.

"Ele se chama Bobba Fett e é um caçador de recompensas. E Fett não significa 'gordo' em inglês."

"O que significa, então?"

"Não sei, mas não é 'gordo'."

"Até porque 'gordo' em inglês é *fat*", diz Berit.

"Isso mesmo", diz Gösta, como se aquele fosse um conhecimento que já detivesse. "E ele não se chama Bobba Fat, não é mesmo?"

Levanto as mãos para indicar que desisto. Totte e Gösta começaram a assistir a uma série em que o protagonista é igual a Bobba Fett, mas Gösta diz que aquele personagem não é ele. Não tenho nenhuma opinião a respeito.

É minha vez, e revelo uma figura que poderia ter saído diretamente dos Muppets. "Jarjar", diz Gösta com ares de conhecedor, e quando viro a peça seguinte sou recompensada com a visão do único personagem que reconheço: Harrison Ford, mesmo que Gösta nesse contexto o chame de *Ransolo.*

Bobba Fett. Jarjar. Ransolo.

Não é que eu me lembre do lugar onde as peças estão, mas da *sequência.* Primeiro uma conversa sobre Bobba Fett, depois as peças de Jarjar e Ransolo, exatamente nessa ordem. Uma parte de mim está cada vez melhor no jogo da memória do círculo que é a minha vida, enquanto no jogo em si eu continuo péssima.

Viro Ransolo para baixo e por um instante tenho a impressão de que a peça entra no tapete. Prendo a respiração. Com a força de um presságio, convenço-me de que o chão, exatamente como a porta, daqui a poucos segundos vai perder a substância e as crianças e eu vamos cair na sala no andar de baixo.

Como ninguém mais parece notar os glitches que começaram a aparecer na realidade, eles devem acontecer só ao redor de mim. Mesmo que eu tenha começado a duvidar de que essas crianças sejam meus filhos, eu não deixaria que as machucassem. Levanto-me e vou em direção à porta.

"Mamãe, o que você tá fazendo?", pergunta Berit. "A gente mal começou!"

Eu faço um gesto indefinido com a mão, para longe e para fora. "Eu lembrei que preciso..."

"Precisa o quê?"

Não encontro nada melhor para dizer além da verdade. "Eu preciso... sair."

Antes que as crianças possam dizer qualquer coisa eu saio porta afora. Quando a fecho atrás de mim, Gösta diz: "Ela não sabe perder".

18:47

Saio para o gramado e respiro fundo. O sol poente brilha acima do porto cintilante de uma maneira que eu — graças a Deus — *não* reconheço, e assim tenho a impressão de haver me libertado. Passo um instante de braços cruzados e aproveito a impressão provavelmente ilusória de viver uma vida real e linear.

À beira-d'água temos uma casa de barcos, e através das pequenas janelas eu percebo um movimento. Tento recordar se *alguma vez* eu já tinha visto movimentação lá dentro, mas não encontro nada. Será que estou mesmo livre? Não poderia ser tão simples. Ou será que poderia?

Com as mãos nos bolsos, ando pelo gramado. Nenhuma câmera me acompanha, e por um momento precioso a vida parece total e absolutamente... normal. Uma gaivota guincha na orla e faz com que o espaço se amplie. É um entardecer bonito, com nuvens cor-de-rosa que deslizam por um céu muito claro.

Aproximo-me da casa, onde não percebi mais nenhuma movimentação. Aquilo é usado apenas em raras ocasiões. Nós temos um Buster XL equipado com um motor de muitos cavalos, já nem lembro direito quantos. Talvez mil. Por ora o barco está em terra, e não sei nem se vai ser lançado ao mar se a produção não insistir.

Aproximo-me da janela onde eu tinha percebido o movimento e vejo que no interior da casa desenrola-se como que um teatro de sombras, cuja origem não consigo determinar. Vou até a janela, me levanto na ponta dos pés e olho para dentro.

Minha primeira impressão visual é que a diretora de gravação Malin decidiu fazer cocô na casa de barcos. Ela está de cócoras, nua, com os pés apoiados nas tábuas do deque. Depois vejo que está montando Totte na posição *reverse cowgirl* e tem as mãos apoiadas nos joelhos dele. A bunda de Malin se movimenta para cima e para baixo, e o movimento faz com que a luz do sol que se reflete pelo interior da casa dance nas paredes.

Fico olhando parada, com os dedos agarrados na janela e o queixo apoiado no metal. Assim como tinha acontecido com o porco, eu nunca tinha visto duas pessoas treparem. Não é nada bonito.

Os peitos de Malin parecem dois sacos cheios de líquido que se balançam de um lado para o outro enquanto ela rebola em círculos montada no pênis de Totte, que de repente surge, brilhando com a umidade dos fluidos corporais, antes de novamente sumir dentro de Malin com um estalo. Logo o movimento se repete. Parece uma coisa infinitamente aborrecida e monótona, uma máquina de carne na função repetir. Os barulhos molhados e gosmentos que saem dessa máquina levam o cérebro a pensar em cobras e vermes.

Mas essa não é a parte importante do que os meus olhos agora veem. O importante é que estou vendo o meu marido me trair com Malin, nossa diretora de gravação, e os peitos caídos dela. Que seja Malin a cavalgá-lo enquanto Totte permanece imóvel como um saco de batatas não importa nesse contexto. Totte está me traindo em tempo real. Agora as mãos de Totte se erguem e começam a apertar a bunda de Malin, então é certo que ele não se comporta como um objeto passivo. Totte dá um tapa nas duas nádegas de Malin, o que a leva a gemer como uma gatinha.

Apoio-me mais uma vez na sola dos pés e vejo apenas a cabeça de Malin, que some e reaparece, some e reaparece. Mais sons úmidos, mais sons de pele batendo contra pele. Ela dita o rumo das nossas vidas e naquele momento tem o meu marido dentro dela. E cá estou eu, ao lado da casa de barcos onde tudo acontece. Eu nunca havia testemunhado nada parecido.

Quando volto pelo terreno inclinado, tenho a impressão de que continuo a ouvir aqueles sons rítmicos e molhados, e também a respiração irregular de Malin. Totte não aguenta muito tempo. Daqui a um ou dois minutos ele deve ejacular dentro de Malin e então tudo estará acabado. Talvez eles resolvam tomar um banho rápido de mar antes de se vestir e voltar à realidade habitual. O que vou fazer? Como foi mesmo que Malin havia dito? Que as pessoas precisavam de *desafios*.

Nesse caso ela realmente fez um excelente trabalho. Eu fico andando de um lado para o outro. Por um instante confuso eu tenho a impressão de que tudo pode ter sido arranjado para filmar a relação de Malin e Totte bem como a minha própria reação — tudo para me desafiar ao máximo. Mas não há nenhuma câmera à vista.

No caminho de volta à casa eu sinto cada nervo e cada veia nas minhas pernas, e não consigo separá-las dos fios, das câmeras e dos receptores emocionais que foram instalados. Sem ver nada e sem pensar em nada, entro em casa e vou até o quartinho de limpeza atrás da cozinha, onde me sento em meio a produtos, baldes e esfregões. Apoio a testa contra os joelhos e fecho os olhos.

19:01

Quando aconteceu é irrelevante, ou melhor, abstrato: o tempo deixou de existir em tudo aquilo que é essencial. Sei informar o momento com precisão científica, mas não o dia, por razões que logo vão parecer óbvias.

Eu tinha acabado de sair para a minha caminhada noturna com Titânia, e depois de voltar e colocá-la dentro de casa mais uma vez fui sozinha ao pátio numa tentativa de organizar os meus pensamentos. Costumo sair com Titânia às dez horas, e o passeio leva pouco mais de vinte e cinco minutos, então quase sempre é perto de dez e meia a essa altura.

Era uma noite estrelada e eu conseguia enxergar bem quando atravessei o pátio. Estranhamente não havia nenhum barco e nenhum ferry no porto. Eu estava completamente sozinha. Meus pensamentos vagaram pelos mais variados assuntos, porém não consigo me lembrar de um sequer.

E de repente estava lá. A luz. Chegou sem nenhum tipo de aviso. Eu não conseguia ver de onde havia chegado nem como a fonte da luz havia surgido. Talvez houvesse se teleportado para lá, ou então flutuado ao longo do pátio, camuflada sob o céu de estrelas artificial — seria impossível afirmar com certeza.

Mas enfim, a luz. Eu já descrevi a luz. Ela tinha um brilho tão intenso que todas as sombras e contornos tornavam-se brancos, e uma *inspiração* fez com que os meus tímpanos vibrassem. Não me pergunte como sei que a inspiração vinha da própria luz e não da fonte de luz: eu apenas sei.

Depois foi como eu fosse envolta por uma mão quente que se ajustava a todos os contornos do meu corpo. Senti um frio na barriga, e quando olhei para baixo notei que os meus pés levitavam acima do chão branco. Eu estava flutuando.

Nesse ponto as minhas lembranças tornam-se nebulosas, e eu não saberia dizer com certeza *a que altura* fui levantada: podem ter sido cem ou mil metros. Também não sei dizer por quanto tempo durou a levitação, mas não foi menos do que um minuto. Foi suficiente para eu sentir um medo terrível de escorregar e cair.

Depois o espaço ao meu redor se transformou. Fui tragada por uma abertura, e mesmo que o lugar onde eu me encontrava fosse imenso, ao contrário do espaço era também limitado. Ainda havia muita luz, mas aqui e acolá eu conseguia distinguir certos contornos. As máquinas e os instrumentos infinitamente reluzentes mencionados, antes, e também vultos que se movimentavam.

Nesse ponto me detenho e me abstenho de oferecer mais detalhes a respeito desses vultos. Sei que é muito difícil acreditar no que estou dizendo, e sei que devo parecer uma perturbada mental. Descrever os vultos seria o último prego no caixão — e além disso haveria o nojo. Imagine uma criatura qualquer, de um filme qualquer. Não era nada parecido, mas assim mesmo serve para o que eu quero dizer.

A força que me erguia transformou-se quando fui colocada em posição horizontal e a seguir posta de costas sobre uma superfície plana. A força que me rodeava tirou todas as minhas roupas num instante, e a seguir repousou sobre meu corpo. Eu não conseguia mexer um dedo sequer. Pode ser que eu tenha me mijado, porque senti um calor entre as pernas.

Quatro vultos se aproximaram e depois as operações foram levadas a cabo. Talvez não tivessem a capacidade de sentir dor, e portanto não compreendessem que uma anestesia teria sido recomendável. Os meus tormentos ultrapassaram toda e qualquer descrição possível.

Tubos e mangueiras foram enfiados em todos os orifícios do meu corpo, e através desses tubos foram passados cabos equipados com receptores eletrônicos ligados a transmissores montados sob a pele. Pelos canais lacrimais foram implantados fios que se enrolaram em um padrão de teia de aranha ao redor do meu cérebro. Quando a eletricidade foi acionada, senti como se a minha cabeça estivesse sendo assada numa fogueira, mas a dor logo se aplacou.

Minha barriga foi cortada, ainda sem anestesia, e os órgãos foram extraídos para que fossem equipados com dispositivos analíticos. Apesar do que eu disse a respeito da possível ausência de sensibilidade para a dor, os vultos deviam ser conhecedores da anatomia humana, pois tudo foi realizado sem que eu morresse. Mesmo assim, imagino que a certa altura eu devo ter perdido a consciência. Fui despertada por um choque elétrico tão potente que foi como se de repente eu recebesse uma transfusão de chumbo quente. Depois não me lembro de mais nada.

Quando recobrei a consciência eu estava totalmente vestida no gramado, com os olhos arregalados, olhando para o céu estrelado. Meu corpo já não doía mais, porém dentro de mim eu sentia que os dispositivos analíticos estavam funcionando. Fui transformada num mecanismo biológico com partes sintéticas, numa ciborgue.

Quando entrei mais uma vez em casa, constatei para minha enorme surpresa que o relógio marcava dez e meia. Talvez eu tivesse me ausentado por um dia inteiro, ou mesmo dias inteiros, mas não era o que me parecia. O que aconteceu tinha acontecido fora do tempo, e essa impressão foi confirmada quando Totte entrou na cozinha com um copo de uísque na mão sem fazer nenhuma expressão de surpresa em relação a um possível desaparecimento meu.

Ou melhor, esse trecho precisa de uma reformulação. Eu posso muito bem ter passado uma semana inteira fora, porque cada vez mais estou convencida de que Totte na verdade não é Totte. Se ele é uma outra forma de existência com aspecto humano — um robô ou qualquer outra coisa do tipo — seria difícil afirmar com certeza, mas estou praticamente convencida de que não passa de um impostor que existe apenas para estudar as minhas reações. O mesmo vale para as crianças.

O que não consigo saber é *por que* isso está sendo feito. Talvez seja possível entender melhor os seres humanos no evento de uma futura invasão, ou talvez se trate apenas de curiosidade científica. Para dizer a verdade, pouco me importa. Por que justo eu fui escolhida como representante da humanidade tampouco é possível saber. Talvez existam vários de nós.

Imagino que o objetivo da minha rotina em círculo seja aquilo que se chama de replicabilidade. A ideia de que por meio da repetição é possível demonstrar que uma determinada observação está correta. As pequenas variações nos dias grosso modo idênticos oferecem a chance de estudar como pequenas alterações criam diferentes reações.

Claro que eu às vezes também duvido de que *aquilo* possa ter acontecido. Agora, por exemplo, sentada no quartinho de limpeza com a testa apoiada nos joelhos, sinto a verdadeira angústia de uma esposa traída que acaba de flagrar o marido fazendo sexo com outra mulher, e não uma encenação artificial protagonizada por dois robôs.

Essa minha dúvida precisa ser levada em conta, pois qual seria o sentido de estudar as minhas reações sentimentais se eu estivesse o tempo inteiro convencida de que me encontro numa simulação? Nesse caso reagiria com indiferença a tudo, porque tudo seria de faz de conta. São astutos, esses malditos.

Mesmo assim, aos poucos a minha palpitação diminui e minha angústia se dissipa. Volto a ser apenas a cobaia em uma análise nefasta da condição humana. Minha vida foi retirada de mim em nome da ciência. Não significa nada sentir-me infeliz nesse tempo circular.

Quando olhei para o interior da casa de barcos, vi apenas dois figurantes que desempenhavam ações predeterminadas, sem nenhum tipo de prazer ou sentimento. A dúvida continua a me afligir quando penso no brilho dos fluidos corporais, no pênis úmido de Totte e nos gemidos de Malin. Mas no fundo eu sei que ele não passa de um embuste que não diz respeito a mim. Eu realmente estou aqui, mas ninguém mais está.

19:20

Apesar de tudo o que eu disse acima, não posso negar que estou arrasada. Que as coisas sejam de faz de conta não impede reações de ordem sentimental — de outra forma, o que seria feito do cinema e do teatro? Mesmo que a cena testemunhada na casa de barcos seja apenas uma encenação, foi uma encenação que me abalou. Deve ser por isso mesmo que foi exibida a mim.

Eu tenho um hábito quando me sinto nervosa ou agitada: afio as nossas facas. Os movimentos circulares repetitivos e monótonos têm um efeito calmante sobre mim. E no fim as facas acabam bem afiadas. Eu praticamente nunca as uso, mas Totte gosta que eu me encarregue de manter os fios bem cortantes.

Temos um conjunto supercaro de cinco facas culinárias japonesas, e as três pedras de amolar com diferentes grãos que vieram junto também são de fabricação japonesa. Eu fecho o ralo da pia, encho-a de água e coloco as pedras de molho, para depois esfregar as facas contra elas na bancada da cozinha.

"Tchau, Heidi. Estamos indo."

Uma prova mais do que suficiente do poder tranquilizante que a afiação de facas tem sobre mim: por um momento eu consegui esquecer que a nossa casa foi invadida por uma equipe de produção. É Oskar quem enfia a cabeça para dentro da cozinha e me dá tchau, e no corredor eu ouço o restante da equipe, que também se encontra prestes a nos deixar.

"Tchau", respondo. "Muito obrigada."

"Eu é que agradeço. Até amanhã."

Como se existisse amanhã! Não sei por que mantemos esse teatro, mas acho que é porque todos se esforçam para criar um efeito de realismo, e na realidade as pessoas dizem coisas tipo "Até amanhã". É normal.

Sinto um aperto no peito quando penso que Oskar — uma pessoa de quem chego quase a gostar — também não faz mais do que interpretar um papel na simulação. Mesmo pessoas mais periféricas, como Rasmus, também devem ser participantes que repetem movimentos e palavras, dia após dia, semana após semana. Sinto-me cada vez mais inclinada a acreditar que são todos robôs, pois que criatura viva suportaria uma vida como essa? Quando a mim, devo ser apagada ao fim de cada dia para que não reste nada além de fragmentos de memória e do sentimento de déjà-vu, que já são ruins o suficiente.

"Como vão as coisas?"

Totte entra desfilando na cozinha, com as mãos enfiadas nos bolsos. Pode ser que eu exagere no emprego do verbo "desfilar" para me referir aos movimentos de Totte, mas realmente não existe uma palavra mais adequada. Ele se mexe como se o mundo não lhe dissesse nada, como se ele não fosse mais do que um visitante temporário que está apenas de passagem, e anda como estivesse a dar de ombros com as pernas.

Sem que eu perceba, meu olhar corre até a virilha dele, como se quisesse encontrar resquícios da incursão à gruta úmida de Malin — porém não há nada a ver. É inacreditável que num instante ele possa estar com o pênis dentro de outra mulher e no instante seguinte entre na cozinha e pergunte: "Como vão as coisas?" Porém mesmo pessoas de verdade devem ser capazes desse tipo de comportamento.

Respondo com a minha piada padrão: "Indo", o que leva Totte a abrir o sorriso padrão. Ele faz um gesto de cabeça em direção às facas e diz:

"Você está na afiação?"

"Afiação total", respondo.

Não chega a ser estranho que eu reconheça essas falas. Essa é a conversa padrão que tínhamos mesmo antes *daquilo.* Não é preciso estar num círculo para que uma parte da existência seja circular.

"Pensei em tomar um aperitivo", diz Totte. "Você quer alguma coisa?"

Balanço a cabeça. Talvez pareça que uma leve anestesia fosse desejável na minha situação atual, mas eu não quero perder a relativa clareza de pensamento que tenho agora. Não é impossível que eu tenha esses momentos de clareza *todos os dias,* mas por um motivo ou outro acredito que não é assim, e que hoje realmente é um dia especial.

Ouço quando Totte abre a porta do bar na sala, o tilintar de vidros e garrafas e depois um tilintar diferente, quando ele pega os cubos de gelo no frigobar que também há por lá. A sequência de sons é uma velha conhecida minha, e não há nada de estranho naquilo tudo. Totte com frequência toma "um aperitivo" no final da tarde, e essa é uma memória anterior a *aquilo.*

Existe um suporte especial para segurar a pedra de amolar, mas eu prefiro simplesmente molhar um pano de limpeza e usá-lo como suporte, porque dá na mesma. Estou abrindo o pano em cima da bancada quando sinto o meu corpo inteiro gelar.

Será que eu tenho memórias reais?

As trocas de falas entre mim e Totte, o barulho familiar do uísque servido no copo — será que tudo isso realmente já aconteceu antes ou será que foi implantado na minha cabeça? A bem dizer, não há como provar que o mundo não foi criado cinco segundos atrás, nem que tudo aquilo que imaginamos lembrar não seja uma série de invenções colocadas em nossa cabeça por uma entidade desconhecida. *Não há como saber.*

É assustador pensar que a minha vida depois *daquilo,* a vida em círculo, é a única vida que tenho, enquanto a realidade antes *daquilo,* aquela que eu considerava autêntica, na verdade não passa de uma ficção. É enlouquecedor pensar nestas coisas. Talvez eu esteja louca.

A TV na sala está ligada, e logo eu ouço o som do ronco de motores. Todos nós temos formas de lidar com a tristeza da existência, e uma das formas que Totte encontrou é assistir corridas de Fórmula 1, com carros que dão voltas e mais voltas numa pista que é apenas mais um desses movimentos circulares em que as nossas vidas consistem. Tudo é horrível.

Respiro fundo, endireito as costas e começo a passar a lâmina da maior faca na pedra de amolar. Por sorte é apenas um semicírculo, mas a visão do movimento leva-me a fazer uma associação com o quadril rebolante de Malin na casa de barcos, e a gosma acinzentada que se acumula na superfície da pedra de amolar me leva a pensar em...

Sou tomada por um impulso de virar aquela faca de legumes contra mim e arrancar os meus olhos, tirar aquela imagem da minha cabeça à base de facadas. O que aconteceria? Imagino que os vultos me recolheriam para me reparar. E se eu em vez disso cravasse a faca no meu coração? Será que os dispositivos eletrônicos implantados no meu corpo são valiosos a ponto de obrigá-los a me reanimar? Será que conseguiriam? É bem provável. Se não estou enganada, eu penso em me suicidar todos os dias, e todos os dias vejo que não adiantaria nada.

Troco para um grão médio e depois de ter passado a faca vinte vezes de cada lado troco mais uma vez para o grão fino, até que a lâmina esteja totalmente brilhante e o movimento da faca já não faça mais nenhum som. Depois testo o gume contra a unha do polegar e lâmina corta na mesma hora. Ótimo. Praticamente uma lâmina de barbear. Pego a faca seguinte.

19:50

Quando entro na sala Totte já serviu o segundo uísque. Ele está sentado de pernas abertas no sofá, com os braços jogados para trás do encosto. Sento-me perto da ponta e olho para aqueles carros insectoides que dão voltas e mais voltas. Para mim é incompreensível que uma pessoa goste de assistir àquilo.

Olho para Totte, que parece insuportavelmente *satisfeito* enquanto beberica o uísque, como se fosse graças à bondade dele que os carros chegam àquela velocidade. Junto os dedos no meu colo e pergunto: "Totte?"

"Hmm?"

"Você é de verdade?"

Sem tirar o olhar da tela, ele pergunta: "Como assim?"

"Você é real? Uma pessoa real?"

Totte franze as sobrancelhas e me olha de soslaio. "Claro que sou. Que ideia é essa agora?"

"Será que você pode olhar para mim?"

Totte suspira e tira os olhos da TV onde o ronco do motor dos carros aumenta e diminui de intensidade, num círculo eterno. Aproximo-me de Totte no sofá até que o meu rosto esteja a meio metro do rosto dele. Olho bem nos olhos dele. Dizem que *os olhos são o espelho da alma*. Olho bem nos olhos azuis de Totte e procuro resquícios de uma alma sem encontrá-la. Por outro lado, também não encontro nada que indique que ele pode ser uma máquina. É uma construção fantástica. Os olhos de Totte se estreitam. "Já posso continuar a assistir?"

Sinto o gosto de água salgada na boca quando digo: "Eu vi você e a Malin antes. Na casa de barcos."

Totte não esboça reação nenhuma. O rosto dele nem ao menos cora quando ele pergunta: "Do que você tá falando?"

"De quando ela estava montada em você. Enquanto vocês dois trepavam."

Totte ergue a sobrancelha e afasta o rosto até surgir uma sugestão de papada. "Eu nunca trepei com a Malin. E jamais treparia."

"Acontece que eu vi."

"Bom, eu não sei o que foi que você viu, mas isso simplesmente não aconteceu. Meu Deus!"

Totte balança a cabeça, contrariado, e a irritação parece genuína. Depois ele dá a impressão de pensar em outra coisa e olha para o meu lado para então dizer: "Você está a fim, então? É isso?"

"Não, Totte, eu *não estou a fim.*"

"Imaginei. Será que posso assistir à corrida, então?"

Sem esperar minha resposta ele olha para a tela enquanto balbucia: "Eu e a Malin... puta que pariu, era o que me faltava."

Permaneço sentada com o corpo rígido por mais dois ou três segundos antes de me levantar. Totte olha para mim quando vou para a cozinha. Não estou com a menor vontade. Meu sexo está frio como se tivesse recebido um sopro de gelo seco. Se Totte trepasse comigo agora, o pau dele ia congelar e cair.

Para ser bem sincera, eu nunca me interessei muito por sexo. Simplesmente não acho que o esforço valha a pena. Os fluidos, o cheiro e o desconforto não trazem quase nada de bom para mim. Talvez eu não devesse falar esse tipo de coisa, mas para mim essa história de que uma mulher pode "gozar" é um mito. Nunca aconteceu comigo. Talvez seja por isso que o Totte...

Meu olhar se fixa nas facas recém-afiadas. Resolvo pegar uma delas, colocá-la no pescoço de Totte e obrigá-lo a confessar. Escolho a maior faca, mas quando sinto o peso dela nas mãos eu paro.

Já sei o que foi que eu vi.

Mas será que sei mesmo? Imagine se aquela cena no barco foi apenas mais uma dessas pseudocenas que foram gravadas no meu cérebro, já como memória falsa. A negativa de Totte pareceu totalmente sincera. *Ele é um ator,* lembro a mim mesma, fazendo um movimento em arco com a faca.

Depois do que aconteceu hoje estou ainda menos disposta a acreditar nos meus olhos. A escada que encolheu momentaneamente, a membrana reluzente no lago, a mão que atravessou a porta do quarto de Gösta. Sempre coisas impossíveis. Será que a cena na casa de barcos fazia partes dessas alucinações, desses devaneios?

A quantas pessoas traídas já não devem ter ocorrido pensamentos similares: eu não vi o que vi, isso não pode ter acontecido, meus olhos estão me enganando. A diferença é que eu realmente tenho motivos para pensar dessa forma, porque a realidade está se esfarelando ao meu redor.

Recordo-me pela milionésima vez que pouco importa, porque Totte não é Totte, mas assim mesmo não consigo deixar de pensar e de agir como a pessoa que apesar de tudo eu sou, porque de outra forma o experimento seria inútil. Pergunto-me se o Totte de verdade existe, se um dia realmente existiu.

20:10

Agora está ficando escuro, realmente escuro. Acho que já mencionei os meus surtos de comportamento que se parecem com a síndrome de Cotard. Quando vou em direção à escada para colocar Gösta na cama tenho um surto de verdade. Sinto como se os vultos jamais tivessem recolocado as minhas entranhas no lugar, como se eu estivesse totalmente vazia por dentro e outra coisa me tornasse capaz de andar e de respirar — insetos eletrônicos no meu sangue. Não passo de uma casca.

Apoio-me no corrimão e olho para a escada, que de repente parece ter o dobro do comprimento normal. Não é um glitch no tecido da realidade, mas uma lembrança de infância que surge de repente. A escada parece mais comprida porque eu sou bem menor.

Estou na casa dos meus avós, nos arredores de Norrtälje. Tenho por volta de seis anos e me vejo subindo a escada em caracol que leva ao segundo andar. É uma sensação estranha, porque não vejo *nada* ao meu redor, nada do restante da casa — somente a escada que se movimenta abaixo dos meus pés, um degrau de cada vez. Tenho o olhar voltado para os meus pés, e meus dedos acompanham o corrimão.

Quando me aproximo do topo, vejo que minha avó está lá em cima. É um pouco estranho, porque eu não consigo ver as roupas dela. O corpo parece apenas um vulto borrado. O rosto também parece esfumaçado. Mesmo assim, me sinto contente. Gosto da minha avó e graças à presença dela a subida transforma-se numa ascensão rumo à luz e ao calor.

Me apresso nos últimos degraus e chego perto da minha avó, que me recebe com um abraço. Nesse momento tudo fica claro. Eu sinto o corpo dela contra o meu rosto, e também um leve cheiro de canela. A tranquilidade e a harmonia tomam conta do meu pequeno corpo, e por um instante sinto que estou por inteira *naquele momento.* É uma sensação maravilhosa.

De repente a escada retoma o comprimento normal e estou num vazio dentro de um vazio. É uma lástima que as minhas lembranças não sejam reais e que essa avó com um leve cheiro de canela na verdade nunca tenha existido.

Sendo que a possibilidade existe, por que não fizeram essas lembranças mais realísticas? Não é muito realístico por exemplo que eu suba uma escada totalmente à parte de tudo, nem que a minha avó não tivesse roupas nem traços do rosto bem-definidos. É um desleixo incompreensível, que faz com que seja fácil ver através da ilusão. Isto é o que no teatro se chama de *Verfremdung,* ou estranhamento, e é assim que me sinto: estranhada. Só um corpo e um cheiro de canela não bastam para me enganar.

Sebo nas canelas.

Passei os últimos minutos parada em frente à escada, como uma velha senhora que não tem certeza de estar à altura do desafio. Meu filho — ou esse menino que representa o meu filho — precisa ser colocado na cama, e a única coisa que me resta a fazer é continuar agindo neste *simulacro* que é a minha existência. Pelo menos as palavras não me traem.

Dou passos hesitantes pelos degraus. Como se todo o restante não bastasse, também passei a questionar a solidez da matéria. A qualquer momento o que é sólido pode ceder a vez ao ar, ou talvez ao vácuo.

Concentro-me a cada passo e os meus dedos sentem todas as irregularidades do corrimão. Uma vez comecei um curso de mindfulness, que abandonei já ao fim da terceira aula em razão da minha impaciência. Aquilo a que agora me dedico é similar a mindfulness, porém como não diz respeito a um sujeito vivo poderia ser descrito de forma um pouco mais exata como *mindlessness*.

Consigo subir a escada sem nenhum acidente. Quando chego na porta do quarto de Gösta, pouso os dedos sobre a superfície da porta a fim de testar o realismo. Não há nenhum problema. Bato. Como não vem nenhuma resposta eu abro a porta. Gösta está sentado no chão ao lado da cama, brincando com dois bonecos de plástico. Ou melhor: ele *brinca* de brincar. E assim por diante.

"Querido", digo, notando que apesar de tudo sou quase sincera na escolha da palavra. "Já está na hora de ir para a cama."

Gösta olha para mim e por instantes o olhar dele parece de todo ausente, como uma lente desfocada. Fico na defensiva, e a situação não melhora em nada quando Gösta pergunta: "Mamãe, por que a gente tem vísceras?"

Seria uma pegadinha, uma forma de me pôr à prova? Será que os meus pensamentos foram escaneados e forneceram indícios sobre a minha síndrome de Cotard, sobre eu estar prestes a escapar entre os furos da rede ao dar o salto definitivo rumo ao não ser? É importante manter as aparências, então respondo: "São as nossas vísceras que permitem ao corpo funcionar."

"Mas o que aconteceria se elas fossem retiradas?"

De fato me encontro presa numa teia complexa. O menor movimento em falso pode fazer com que os fios apertem mais ainda a minha carne. Imagino manter um tom convincente quando, ao contrário do que penso, digo: "É impossível. Nesse caso a pessoa morreria."

"Mas a gente precisa ter *todos* os órgãos das vísceras?"

"Não, certo órgãos temos em pares, e podemos viver sem um. E outros podem..."

"Podem o quê?"

Hesito, mas no fim chego à conclusão de que não falar a verdade seria ainda mais suspeito, então digo: "Outros podem ser substituídos por máquinas."

"Dá pra substituir *todos* os órgãos das vísceras por máquinas?"

"Não sei direito."

"Imagine se *eu* só tivesse máquinas em vez de vísceras!"

Por que todo esse tormento? Não basta que eu *saiba?* É preciso esfregar tudo na minha cara? Abaixo-me ao lado da cama de Gösta e digo com a voz cansada: "Agora já chega de perguntas. Vá escovar os dentes."

Gösta responde com uma voz dura e metálica: "Eu sou. Um robô. Não preciso. Escovar. Os dentes."

Minha vontade é pegar um objeto duro e bater na cabeça dele, rachar o crânio e expor o mecanismo lá dentro, fazer com que vazem os fluidos necessários à operação da máquina, porém ao fim de um esforço quase sobre-humano da vontade eu consigo abrir um sorriso e respondo: "Ora, mas robôs também precisam escovar os dentes. Senão eles enferrujam."

Meu comentário é aceito e Gösta vai até o banheiro. Fico sentada na cama, exausta por aquela encenação. Nas estantes ao longo das paredes estão vários bonecos, principalmente figuras colecionáveis dos filmes da Marvel, *O senhor dos anéis* e *Star Wars*. É Totte quem as compra. Na verdade suspeito de que ele queria esses bonecos, mas acha que seria nerdice demais para a imagem que tem de si mesmo, e assim faz de Gösta um colecionador por procuração.

Levanto-me e ando até o outro lado do quarto, e depois volto para a cama. Tenho praticamente certeza de que boa parte dos bonecos me acompanha com os olhos. É difícil respirar. Fecho as mãos com força e aperto-as contra o peito, naquilo que é ao mesmo tempo um esforço por mitigar a angústia e também uma prece silenciosa. Não adianta nada.

O vazio grita dentro de mim e me dilacera. Logo vou me despedaçar. Logo a minha pele vai se romper e eu vou implodir no meu próprio abismo. Não dá mais. Simplesmente não dá mais. Eu não vou aguentar. Aperto os dentes e deixo o meu corpo tombar para a frente, para assim bater a cabeça na quina da cama. Minha cabeça é jogada para trás e uma nuvem vermelha surge no meu crânio. Meus ouvidos zumbem quando eu caio no chão e fico estirada.

Parece que a minha cabeça vai explodir, e sinto uma faísca decisiva de realismo. *Sofro, logo existo.* Meus dedos percorrem o tapete como se eu procurasse uma mão amiga. Não encontro nada.

"Mamãe, o que foi que você fez?"

Gösta está na porta, com o pijama do Homem-Aranha. As sobrancelhas dele parecem sérias quando ele olha para mim. Tento abrir um sorriso de cumplicidade e digo: "Eu só estou descansando um pouco".

De um só golpe, Gösta está ao meu lado. Quando digo "de um só golpe", não quero dizer que ele pula ou corre, mas que simplesmente cobre a distância que nos separa de imediato, sem precisar se mexer. É um glitch. Sinto o meu corpo estremecer e me afasto.

"Mamãe, o que você fez? E por que você tá com um galo na cabeça?"

Passo os dedos na minha testa, e de fato um galo cresceu por lá. Sento-me e digo: "Não tem problema. Eu só caí. Mas agora está na hora de você ir para a cama."

Mesmo deitado, Gösta não tira os olhos de mim: ele entra debaixo das cobertas e puxa as cobertas até o queixo. De joelhos, vou até a beira da cama e digo: "Quer que alguma coisa eu para você leia?"

Ouço que a frase soa estranha, mas as palavras acabaram se embaralhando no meu cérebro. Aquilo que antes eu fazia de propósito acabou se transformando em uma coisa inevitável. Gösta me encara com olhos arregalados e balança a cabeça. Quando estendo a mão para afagar os cabelos dele, ele se vira em direção à parede.

Observo a postura dele, presto atenção à maneira como respira. Ele sente medo de mim.

20:22

Quando desço a escada os degraus parece entortar-se, e preciso me agarrar ao corrimão para não cair. Sou posta o tempo inteiro à prova, e a existência começa a parecer muito difícil, para não dizer insuportável. Acho que talvez eu precise vomitar. Cinco inspirações lentas, de olhos fechados, são o bastante para que os piores espasmos percam força. Quando abro os olhos a escada parece normal.

No caminho até lá embaixo eu apoio os dois pés em cada degrau antes de passar ao próximo. Ando como se eu tivesse cem anos, e talvez seja essa mesma a minha idade. Não tenho como saber há quanto tempo estou nesse círculo, e pode ser que o meu corpo esteja destruído pelo tempo após inúmeras repetições dos mesmos movimentos.

A porta da casa se abre ao mesmo tempo que eu chego ao pé da escada e Alice entra no corredor. Ela parece mal-humorada, e o mau humor não melhora em nada quando me vê. Os olhos dela se arregalam e ela aponta para a testa. "O que você fez aí?"

Não sei por quê, mas é como se os meus dedos precisassem se erguer e sentir, mesmo que eu tenha acabado de constatar a existência do galo. O calombo está ainda maior, do tamanho de meia bola de pingue-pongue. Passo a mão sobre a pele sensível e digo: "Ah, não foi nada, eu pisei em falso só".

Alice continua a me encarar. Os ombros dela se afundam e ela parece irritada, o que me leva a explicar melhor: "Eu bati a cabeça na quina da cama".

Alice balança a cabeça e diz: "Por que você não responde?" Tento recordar os últimos segundos e não me lembro da vibração especial que surge na mandíbula quando proferimos palavras, nem de que os meus lábios deviam entreabrir-se ou que a minha língua devia se mexer.

Quando com um esforço consciente eu abro a boca para repetir aquilo que acabo de *pensar*, descubro que esqueci como se faz para falar. Detenho o conhecimento teórico sobre o ar impulsionado pelo diafragma e a vibração das cordas vocais, mas não tenho a menor ideia do que preciso fazer para que tudo aconteça. Mastigo o ar como um peixe fora d'água e Alice dá um passo em minha direção.

"Heidi, o que tá acontecendo com você?"

Eu preciso tomar jeito. Sou uma pessoa, e pessoas têm a habilidade de falar, pelo menos em termos gerais. Forço o ar para fora dos pulmões, tensiono a garganta e consigo pronunciar um "Ôôôô..." no registro grave, que leva Alice a se afastar e voltar à posição anterior, de onde me observa desconfiada. "Sério Heidi... o que é que você tá fazendo?"

Depois que produzo esse primeiro som, o som primordial, minha situação melhora um pouco. Consigo fazer com que as minhas cordas vocais ponham-se a vibrar, movimento os meus lábios e posiciono a boca e a língua de maneira a criar os fonemas, um após o outro.

"POOR... QUÊÊ... VOO... CÊÊ... VEEEIO... CEDO?"

Supero-me cada vez mais. Consigo até mesmo subir o tom no final da frase, para dar a entender que se trata de uma pergunta.

Alice faz cara de desconfiada, como se eu estivesse fingindo, mas logo a expressão dela se transforma e ela passa a falar como se eu fosse uma deficiente mental. "Não estava. Bom. Para mim."

"De. Forma. Que. Não. Bom?"

Muita coisa está agora contra mim. Não me refiro apenas à dificuldade de formar palavras, mas também à incapacidade de colocá-las na ordem correta. Abano as mãos à minha frente, como se eu apagasse um quadro-negro, e digo: "De forma... não. De *que* forma. Não bom?"

O sorrisinho irônico que pairava nos lábios de Alice desde que eu havia começado a falar se abranda um pouco quando ela diz: "Muita gente de status social baixo. É ruim para a marca."

Não há nenhum problema com a minha capacidade de pensar: eu sei exatamente do que ela está falando. Não renderia nenhum prestígio estar com gente que participou de *Paradise hotel* cinco anos atrás e hoje não conseguiria nada melhor do que um emprego como bartender num birosca qualquer. Mas não consigo verbalizar essa sequência de pensamentos, então digo apenas: "Nenhum... prestígio."

"Exato. Só um bando de perdedores que querem tirar fotos comigo fazendo sinal de joinha. Um lixo."

De repente sou atingida pela revelação banal de que tudo é extremamente superficial e que vivemos uma vida de merda num mundo de merda. Agora que tudo escapa de mim eu gostaria de expressar esse sentimento em alto e bom som de uma vez por todas, mas duvido que eu consiga pronunciar as palavras direito. Então digo apenas: "Balões e bosta".

Alice olha para o lado como se procurasse uma câmera que estivesse registrando o meu comportamento, ou ao menos um observador externo. Como não encontra nada, ela balança a cabeça e diz: "Heidi, sério. Você devia procurar ajuda."

Sem fazer mais nenhum comentário ela me deixa para trás e sobre a escada. Abro a porta da casa e saio ao pátio.

20:30

Você devia procurar ajuda.

É. É exatamente o que pretendo fazer. O entardecer tem um matiz azul-marinho, e as estrelas mais fortes já brilham no céu. Sou uma pessoa insignificante num planeta insignificante. Em outra época eu sonhava com uma vida de luz. Hoje rastejo como um verme nos limites estreitos da minha existência, e já não aguento mais.

Faço uma curva à direita. No caminho até o mar há um recanto cercado por lilases. Já estava lá quando compramos a casa, porém nunca o usamos porque não nos dedicamos ao tipo de atividade que pode ser desenvolvida num recanto cercado por lilases. Imagino-me tomando um café com sete tipos de bolos.

Móveis de jardins embolorados e tomados por liquens podem ser vistos entre os arbustos de lilases. Afasto duas cadeiras para abrir espaço e me deito na grama. Aqui ninguém pode me ver do alto da casa.

Abro os braços e as pernas para me colocar na posição mais vulnerável e me concentro no céu profundo, tentando ajustar os olhos para que vejam além de tudo aquilo. Não sei se a nave ainda está por lá, com a suposta camuflagem de céu ligada, e também não sei se importa.

"Leve-me", eu sussurro. Ou ao menos penso. Acho que nem mesmo isso tem sentido. "Busque-se. Tire-me daqui. Ajude-me. Eu não aguento mais. Por favor. Eu faço qualquer coisa."

Espero. Não sei exatamente o quê, mas a chegada de um objeto colossal sem dúvida produziria som, ou uma alteração no ar, ou qualquer outra coisa do tipo. Ah, mas eu sei o que espero. Eu espero a chegada da luz.

Da luz que não vem. Uma brisa sopra do mar e faz com que as folhas dos lilases vibrem com um farfalhar discreto, porém nas alturas tudo permanece imóvel. Como foi mesmo que Pascal disse? "O silêncio eterno desses espaços infinitos me assusta." Ou qualquer coisa assim. O que cresce dentro de mim não é o medo, mas a raiva. As criaturas superiores não são melhores do que as pessoas da pior espécie. Primeiro me violentaram por completo, depois me descartaram como se eu fosse um trapo usado. Sei que não é tão simples, mas é assim que me sinto agora.

"Aberrações", eu sussurro, ou então penso. "Monstros do espaço de merda, que se acham importantes. Peguem essa tecnologia toda e enfiem no rabo, se é que você têm um!"

Continuo da mesma forma por mais alguns minutos, até que eu me sinta melhor do que vinha me sentindo nas últimas horas. Por que as pessoas continuariam a guerrear se o ódio não fosse um combustível eficiente? Sinto a força voltar aos meus dedos, aos meus braços, ao meu coração. A batalha ainda não acabou, e ainda existe uma realidade com a qual eu preciso me relacionar.

Levanto-me e deixo recanto dos lilases. Em seguida respiro fundo o ar noturno, que parece repleto de oxigênio. Depois vou para a casa de barcos.

20:50

A casa de barcos não tem ligação elétrica, e portanto está às escuras. Passo trinta segundos parada na escuridão em frente à porta esperando que os meus olhos se acostumem com a pouca iluminação que chega da Praia Nacka. Sinto o cheiro de madeira úmida enquanto a água bate contra os cabeços de amarração.

Ao longo das laterais há passagens de dois metros de largura, e na parte de trás a largura aumenta para três metros a fim de abrigar os apetrechos marítimos. A parte da frente dá para a baía, porque de outra forma aquilo não seria uma casa de barcos, mas uma piscina de água natural.

Ando com todo o cuidado pelo piso de tábuas rústicas e ásperas. Não porque eu tenha medo de que possam soltar-se, mas porque está bem escuro e aquela é uma superfície irregular. Tudo está normal. Ao pensar melhor, percebo que todos os glitches e todas as distorções da realidade ocorreram no interior da casa. Não, não é verdade. Aquela membrana similar a uma ameba foi avistada no lago Kottla fora da casa. Mas aquilo foi uma coisa que eu mesma procurei, por assim dizer; não foi uma coisa que veio ao meu encontro.

Seja como for, no entanto, é bom estar fora da casa. Me sinto mais segura, tudo parece mais sólido. Sigo até o canto onde Totte e Malin saciam os desejos e paro. O que eu tinha imaginado? Se estou em busca de resquícios, seria impossível achar o que quer que fosse naquela escuridão.

Passo um tempo com os braços pendentes e depois me ajoelho, para em seguida me inclinar até pôr o nariz a dez centímetros do chão. Começo a cheirar. Tábua velha, sal, pó e uma leve nota de podridão. Movo as mãos e os joelhos, deixo minhas narinas correrem ao longo das tábuas. São cheiros químicos, talvez óleo e gasolina, mas nenhum cheiro revelador de fluidos corporais.

Ainda de joelhos, levanto o corpo e me sento com as mãos nas coxas, olhando fixamente para a escuridão à minha frente. Parte de mim protesta. Uma cena repleta de fluidos como a que eu havia presenciado não pode passar sem deixar *nenhuma* forma de resquício.

Primeiro acho que deve ser uma alucinação ou a manifestação física de um desejo, porém aos poucos a casa se ilumina o suficiente para que o meu próprio corpo sentado projete um contorno de sombra. Depois ouço um ronco grave e vozes distantes. Um ferry da Finlândia atravessa o arquipélago e projeta as luzes em minha direção.

Levanto rápido para tirar minha sombra daquela região e observo com maior atenção. Claro que há resquícios na poeira que se revela sob as luzes do ferry. Não estou louca, não estou alucinando. Simplesmente Totte é um bom mentiroso.

O ferry passa com a carga de milhares de pessoas e o cantinho da trepada novamente desaparece na escuridão. Esfrego os olhos e deixo as mãos caírem. Como sou burra! Afinal, isso não prova nada. Os resquícios que vi podem muito bem ter sido causados pela minha própria busca por resquícios por meio do olfato. Estou de volta à estaca zero.

Num último gesto desesperado, me deito de costas no piso e tento me posicionar exatamente no ponto onde vi Totte ser montado por Malin. Tateio no escuro. Estendo as mãos no ar, como se eu agarrasse a bunda de Malin, e mentalizo um pau duro imaginário que desliza para dentro e para fora dela. Para dizer a verdade, acho tudo meio excitante. Talvez eu seja lésbica e o problema seja esse?

Não. Logo a excitação desaparece e dá lugar à frieza habitual. Não tenho vontade de fazer nada com Malin, a não ser quebrar os dentes dela. Procuro com a minha consciência, examino a atmosfera ao redor em busca de coisas que possam ter ficado para trás. Mas não há nada, ou pelo menos nada que eu possa sentir.

Solto os braços ao longo do corpo e olho para o teto, onde há remos presos acima das vigas. Penso em nunca mais sair daqui, em continuar deitada no chão até apodrecer e ser absorvida pela madeira. Fecho os olhos e tento relaxar.

E de repente está lá! Minhas pálpebras tornam-se alaranjadas por conta de uma luz inúmeras vezes mais forte do que aquela que veio do ferry. Meu coração se exalta e eu abro os braços como se fosse receber um amor há muito tempo desejado antes de abrir mais uma vez os olhos.

A primeira constatação é que eu não abri os meus braços, que estão presos à superfície logo abaixo. A segunda é que não me encontro sob *aquela* luz, aquela luz que arde, mas na luz que reina nas entranhas da nave. Os vultos estão reunidos ao meu redor e parecem conferenciar sobre uma coisa ou outra. Com a minha compreensão humana e limitada, eu diria que parecem agitados.

Como a minha cabeça está presa, não consigo virá-la para o lado. O máximo que consigo é movimentar os olhos. Tudo está tão claro que é difícil perceber os contornos, mas tenho a impressão de que o teto é uma abóbada, como se eu estivesse em uma igreja. E talvez seja mesmo: o que sei eu sobre a religião desses vultos? Talvez não seja um experimento, mas uma oferenda.

No meio de toda aquela brancura, é um choque quando tudo de repente se torna escuro como breu. De um momento para o outro é como se um manto pesado caísse sobre os meus olhos, e não vejo mais nada. Logo uma vibração começa na mesa de cirurgia e se espalha pelo meu corpo, e ouço o zumbido de uma máquina que começa a trabalhar. Me ofusco quando a luz torna a se acender, mas não consigo nem gritar nem reagir porque estou de volta à escuridão da casa.

Uma lembrança. Um sonho. A lembrança de um sonho. O sonho de uma lembrança.

Devo ter dormido por um instante e revivido as minhas experiências. Agora, quando tudo foi por assim dizer atualizado, tenho dificuldade para entender o meu comportamento no recanto dos lilases. Será que eu realmente queria voltar à tortura e às análises humilhantes do corpo? Será que a vida deveria ser *tão* ruim?

Não. Não aqui. Não agora. Aqui há o murmúrio tranquilo da água, que ecoa de leve contra as paredes da casa. Aqui há os reflexos cintilantes das luzes da Praia Nacka. Aqui há o cheiro das antigas tábuas do piso, que jamais me decepcionam. Aqui há um último refúgio.

Encolho-me como uma criança, com as pernas contra a barriga, dobro as mãos por baixo da cabeça e fecho os olhos. Minutos depois torno a mergulhar na escuridão benfazeja. Não sonho.

22:55

Não tenho ideia de quanto tempo se passou quando a porta da casa se abre. Uma luz errante roça minhas pálpebras. Ouço vozes contidas e um resfolegar. Levo um susto quando uma coisa similar a um tentáculo desliza pelas costas da minha mão. Ouço um gemido interrogativo antes mesmo de abrir os olhos e compreender que aquela é a língua da Titânia. A seguir ouço a voz sussurrante de Alice: "Veja, eu disse. Ela está completamente fora."

"Heidi? Heidi?" Parece inacreditável, mas com essa simples repetição de palavras eu consigo perceber que Totte está bêbado. Deve ter tomado mais dois ou três aperitivos extras em razão das minhas queixas.

Abro os olhos, me sinto ofuscada pela luz branca, uso a mão que Titânia lambeu para cobri-los. As tábuas rangem quando passos se aproximam. Tremo de frio e desconforto. A temperatura caiu diversos graus e a minha respiração forma uma névoa sob o cone de luz. Sinto-me como uma lebre no meio da estrada, imobilizada pelos faróis do carro e incapaz de fazer qualquer coisa além de correr e correr na frente ao carro que se aproxima. Com a diferença de que eu não corro.

Uma mão solta desliza para o interior da luz e eu vejo a aliança brilhar no dedo de Totte. Tento me lembrar como foi o nosso casamento, porém nada me ocorre. Pode ser que nosso casamento seja apenas uma invenção, uma coisa incluída na ação porque soaria adequada.

"Venha", diz Totte, estendendo a mão para mim. "Você não pode ficar deitada aí."

"Você pôde", eu balbucio.

"Pude o quê?"

"Ficar deitado. Aqui."

"Heidi, já chega."

Muito bem. Talvez já chegue mesmo. Se esse Totte não é o meu marido, por que eu me importaria com o tipo de prazer que ele procura? Pode ser que ainda exista um caminho para mim: simplesmente abandonar a ideia de que a minha vida possa ter *qualquer tipo* de ligação com a realidade e aceitar tudo como uma encenação, como uma série de imagens fugazes projetadas sobre uma tela. É assim que os budistas pensam, e talvez seja esse o caminho para o nirvana. Simplesmente deixar para trás todos os desejos, e por extensão todo o sofrimento. Parece razoável. Pego a mão de Totte e deixo que ele me ajude a levantar.

"Ela falou um monte de coisa esquisita antes", diz Alice. "Como se estivesse totalmente chapada."

A luz da lanterna bate no meu rosto e Totte leva um susto. "Porra, Heidi, o que houve com a sua cabeça?"

"Realismo", respondo. "Eu precisava de um pouco de realismo."

"Está vendo?", pergunta Alice. "Totalmente fora."

Agora que já estou mais uma vez de pé, e não encolhida, percebo o quanto estou fria. Fungo e sinto um arrepio se espalhar pelo meu corpo. É uma sensação boa. Sinto frio, logo existo. Mas será que, a exemplo dos budistas, eu não devia me livrar da ilusão de minha própria existência? Tenho que pensar a respeito do assunto.

Cambaleio um pouco e Totte passa o meu braço em cima dos ombros dele. Com a boca de Totte próxima do meu nariz, sinto o cheiro cáustico de uísque, e os passos dele não parecem muito firmes quando ele me tira da casa de barcos. Alice solta um barulho indefinido para sinalizar contrariedade.

O ar do entardecer está fresco, e as estrelas emitem um forte brilho. A meia-lua paira na cúpula celeste. Os pelos dos meus braços se eriçam quando imagino o espaço infinito em constante expansão, que no fundo é apenas mais uma dentre inúmeras outras ilusões.

"Estávamos procurando você", diz Totte. "Todo mundo estava preocupado."

Alice solta mais um som, dessa vez para marcar que não se inclui no conceito de "todo mundo".

"Você achou que eu tinha me levado a morrer?", pergunto.

"Mais ou menos", diz Totte, ajeitando o meu braço no ombro dele.

"Você começou a falar outra vez como um padre. Quer dizer, não foi o que eu achei, mas..."

"Mas...?"

"Bom, você esteve muito estranha durante a tarde inteira. E na manhã também, para dizer a verdade."

"Vocês é que são estranhos. Eu sou normal."

"Aham. E todo mundo quer ir para o céu andar de limusine, como no disco do Joakim Thåström, não?"

Não consigo evitar um sorriso. É raro que Totte capte as minhas referências.

"Do que vocês estão falando?", pergunta Alice.

23:10

Totte me encara enquanto tiro a roupa e me encolho sob as cobertas. Ele faz menção de se movimentar na minha direção, mas logo perde a coragem, passa a mão na testa e diz: "Eu já volto", para então deixar o quarto e talvez beber mais um uísque e tomar um Viagra. Suplico a Deus que não.

Meu corpo aos poucos se aquece sob as cobertas. Sinto um arrepio quando ponho os dedos frios sob a axila para aumentar a circulação de sangue. Talvez aquele seja o melhor instante do dia: sozinha num lugar quente e escuro. Tento pensar nos meus pais e não consigo evocar imagem nenhuma. Será que não posso simplesmente estar nos estágios iniciais da doença de Alzheimer?

Meus pensamentos correm leves e soltos, fora e dentro da caixa, e de repente percebo que há mais uma explicação possível para que tudo seja como é — e no fundo seria uma explicação mais abrangente. O único problema é que também é uma explicação inverossímil ao extremo, e ainda mais perturbadora do que a explicação atual. Belisco-me nos braços. Sinto dor, mas isso não prova nada.

Fico deitada, olhando para o escuro enquanto tento visualizar as pessoas que foram importantes na minha vida. Elas se negam a aparecer. Exatamente como aconteceu com a minha avó, eu consigo me recordar detalhes específicos, mas assim que tento visualizar os rostos tudo se dissolve numa massa sem contornos. As únicas feições que posso recordar com certeza são as feições dos vultos, que não pretendo descrever pelas razões já mencionadas anteriormente.

Quem somos na verdade enquanto pessoa se não temos acesso a nenhuma outra pessoa? Eu diria que não somos nada, ou até pior: que somos prisioneiros isolados numa existência sem testemunhas.

Pode ser engraçado que uma das pessoas mais *observadas* de toda a Suécia esteja aqui, pensando essas coisas, mas simplesmente é assim. Essas câmeras não captam nada que tenha a ver comigo.

Já estou cochilando quando Totte retorna. Segundos depois sinto o hálito de uísque, mesmo que Totte ainda esteja no lado oposto do quarto. Ele tropeça, se atrapalha e balbucia palavrões enquanto tira a roupa. Mantenho os olhos fechados e respiro como se eu já estivesse dormindo, porque não quero nenhuma forma de contato. Com passos trôpegos, Totte chega até a cama e logo sinto o calor do corpo dele nas minhas costas.

A mão pousa no meu quadril, o calor chega mais perto e então sinto o pau duro que roça a minha bunda, a mão que se enfia entre as minhas coxas e o dedo que encontra meus pequenos lábios secos.

"Pare", digo." "Eu não estou com vontade."

"Borra Heidi... garalho...", Totte diz com a voz pastosa enquanto continua a insistir com o dedo. "Me deixe entrar aqui um pouquinho..."

Tento me encolher para me afastar, porém a mão em cima do meu quadril me segura com mais força. Totte se agarra a todo o meu corpo e emprega a força. No instante a seguir estou deitada de costas. Com uma habilidade impressionante ele se põe de joelhos à minha frente e abre as minhas pernas à força.

"Vamos ver o que temos por aqui...", ele diz, chegando mais perto. Sei que se ele conseguir enfiar aquela coisa dura em mim vai doer muito, porque não estou nem um pouco receptiva.

As mãos de Totte separam meus joelhos com força e me impedem de fechar as pernas. Ele resfolega, e pingos de saliva com cheiro de uísque caem no meu rosto. Totte mede, calcula a estocada e tenta enfiar o órgão para dentro de mim, porém como não pode usar as mãos ele não consegue. Depois ele prende umas das minhas mãos sob o braço e cospe na palma da mão dele para me lubrificar um pouco.

Me arrasto para trás, acabo sentada na cama e com a mão direita dou um tapa no pau dele, que balança de um lado para o outro.

Totte faz uma careta de dor e diz: "Por que você fez isso, sua vagabunda do caralho?"

"Você agora vai..." Ele não diz mais nada, porque logo uma bofetada acerta o meu rosto e torna a me derrubar na cama. Totte *nunca* havia me batido antes. Não havia sequer me apertado com força. *Esse não é ele.* Mas eu sabia disso o tempo inteiro.

Totte faz mais algumas tentativas meia-boca de entrar em mim, tanto pela frente como por trás, mas eu resisto e por fim ele desiste e cai de cara em cima da cama. Segundos depois Totte começa a roncar. Fico no escuro, olhando para o teto com olhos arregalados enquanto as lágrimas escorrem pelo meu rosto.

23:53

Vou à despensa e pego o maior martelo na caixa de ferramentas. Minhas forças são limitadas, e eu preciso de todo o auxílio que o peso extra puder me oferecer. Hesito ao pensar nas facas recém-afiadas no suporte magnético. No início penso em pegar a faca média, porém logo mudo de ideia e pego a menor e a maior.

Em vez de pôr o roupão, vesti minha camisola mais bonita. De certa forma parece adequado. Quando subo a escada com passos leves, com as ferramentas nas mãos, sinto como se eu flutuasse, etérea como um espírito, com a camisola ondulando aos meus pés.

O quarto está fedendo a uísque quando entro e fecho a porta. Posso discernir os contornos do corpo de Totte na cama. Ele está deitado de costas e ronca de boca aberta. Dorme o sono dos bêbados, e assim me atrevo a acender a minha lâmpada de cabeceira para enxergar direito.

Esse é o momento que vai decidir qual das alternativas está correta. Vou até o lado da cama de Totte e coloco as facas na mesa de cabeceira dele. Estudo a expressão do rosto, que brilha de leve em razão do suor e não é o rosto dele. Depois pego o martelo com as duas mãos, capricho na mira e desfiro um golpe com toda a minha força na testa dele. O efeito não é o desejado. O martelo quica como se tivesse acertado madeira e a pele se abre, mas não é o golpe definitivo que eu tinha imaginado.

Totte abre os olhos, me encara e gorgoleja. Levanto mais uma vez o martelo, me coloco na ponta dos pés e aplico todo o peso do corpo no golpe que vem a seguir. Sacrifico a precisão em nome da força, mas a sorte está do meu lado. O martelo acerta um ponto a poucos centímetros do corte anterior, que já havia começado a sangrar. Pode ser que eu tenha criado uma fissura com o primeiro golpe, porque no segundo o martelo atravessa a superfície com um estalo. Toda a parte anterior da ferramenta afunda no interior do crânio, e a seguir ouço um borborejo.

Os olhos de Totte olham para o nada, esbugalhados e mortos. Puxo o martelo e, quando enfim consigo soltá-lo, ele está todo besuntado de líquido. Limpo-o com a borda do lençol, coloco-o em cima da mesa de cabeceira e pego a faca grande. Por enquanto nada está provado.

Abrir uma pessoa é mais difícil do que se imagina. A caixa torácica é um problema, mas eu realmente quero chegar ao coração de Totte. Depois de soltar as costelas, enfim consigo entortar uma quantidade suficiente delas usando a parte posterior do martelo e, com a ajuda da faca pequena, extraio o coração.

Não preciso dizer que o procedimento faz bastante sujeira. Como o coração naturalmente parou, o sangue não jorra, mas assim mesmo acabo toda lambuzada quando me limpo na camisola para que as facas não escorreguem das minhas mãos.

Como eu temia, o coração parece totalmente normal. Corto-o em tiras e pedaços sem encontrar nada além de tecido humano e sangue, sangue, sangue. Abro a barriga e vou retirando os órgãos que encontro. Fígado, rins e o que imagino ser o pâncreas e a vesícula biliar. Disponho tudo em fileira na cama e corto sem encontrar nada além de tecido. Parece que o pior cenário é o verdadeiro.

Endireito as costas e examino Totte, que está aberto e privado de toda a dignidade humana — não mais que o amontoado das sobras de um abatedouro. Mas resta ainda uma última possibilidade, um último baluarte de dignidade. A cabeça. Eu devia abrir a cabeça e dar uma boa olhada no cérebro, mas a verdade é que não consigo porque a operação exauriu todas as minhas forças.

Me dou por satisfeita quando furo os globos oculares de Totte usando a faca pequena, e sou recompensada apenas com um pouco de líquido que escorre pelas bochechas dele. Acabou. O experimento chegou ao fim e resta a mim aceitar os fatos.

Com um suspiro, largo a faca em cima da mesa de cabeceira e vou para o meu lado da cama, onde me deito de costas em cima do edredom. Ainda sinto o corpo quente e suado em razão do esforço físico, e recebo de bom grado a brisa fresca que sopra pela janela aberta.

Então mesmo assim não estou aqui.

Totte claramente não é nenhum robô, e tampouco era controlado por computadores. Resta apenas a possibilidade de que tudo não passe de uma ilusão elaborada. Ainda me encontro a bordo da nave, na mesma situação em que me vi na casa de barcos. Um erro momentâneo do sistema me ofereceu um vislumbre da realidade antes que a máquina fosse reiniciada.

Na verdade essa é uma dúvida que vem me consumindo há muito tempo, mas foi apenas na casa de barcos que consegui formulá-la. Mesmo que as pessoas ao meu redor fossem robôs, faltaria ainda explicar os glitches na realidade que vivenciei. O degrau alterado, a mancha branca, a mão que atravessou a porta do quarto de Gösta e assim por diante. Há falhas no programa executado em meu cérebro, que no entanto são corrigidas assim que as descubro. Os responsáveis trabalham com uma rapidez impressionante. Posso dar como exemplo aquela membrana no lago. Em poucos segundos conseguiram ajeitar a praia oposta para que tudo parecesse normal.

Meu corpo está nas mãos de criaturas que detêm uma tecnologia bem mais avançada do que a nossa. Elas sabem criar simulacros que imitam o mundo inteiro, e sabem levar um pobre coração humano a acreditar que tudo é de verdade para estudar as reações. Se não fosse terrível, seria admirável.

Minha pele quente se refrescou. Vou para baixo do edredom e me ponho de lado, como se eu fosse dormir, com o rosto voltado para a janela. O corpo de Totte exala um leve cheiro de excremento, porque acabei perfurando o intestino. Não importa. Amanhã tudo vai ter desaparecido no esquecimento. Fecho os olhos e logo sou vencida pelo sono. Imagino que o meu corpo real também deva estar dormindo, porque o cérebro precisa descansar. Em um lugar ou outro, ainda sou uma pessoa.

09:00

O despertador toca às nove em ponto. Quando abro os olhos, descubro que ainda tenho certas lembranças do que aconteceu durante a noite anterior. Ou é assim todos os dias, ou então minha compreensão e minha aceitação aos poucos ganham força. No fim pode ser que eu tenha plena consciência da minha real situação. Fico aterrorizada ao pensar nesse dia.

Passo um tempo deitada e olho para a luz matinal que filtra pelas frestas da persiana. Depois me viro para o lado de Totte na cama. A cama está desfeita, e há fios do cabelo dele no travesseiro, como em todas as manhãs. Olho para o canto onde a minha camisola está pendurada no cabide — o cetim brilha sem nenhuma mancha.

Um passarinho canta no outro lado da janela para receber o novo dia, que é o mesmo velho dia de sempre. Abro um sorriso amargo ao perceber que no dia anterior eu teria imaginado que até mesmo aquele passarinho era um robô. Mas agora eu sei. Pelo menos por um tempo.

Um barulho de água corrente vem do banheiro. Ouço o som da espuma de barbear que sai da lata e em seguida uma voz que começa a cantarolar a melodia de "Alla vil till himlen".

O avatar de Totte foi reiniciado.

09:32

Viro o rosto para mostrar meu melhor ângulo em relação à luz do sol que entra pela janela. No parapeito, vejo uma mosca morta. Não, morta não. Ela está de costas, mexendo as patinhas finas como se tentasse agarrar-se ao ar. Penso em me levantar para ajudá-la. Mas logo me lembro do cabo. Houve um problema técnico qualquer, e por isso precisamos usar um cabo hoje. Continuo sentada.

Quando mais um minuto se passa sem que terminem os ajustes, meu olhar é mais uma vez atraído para a mosca. Para aquelas patinhas finas. Bastaria um toque para trazê-la de volta à vida. Seria uma boa ação. Esse poderia ser o motivo: uma boa ação. Um gesto que parece bom e indica que sou uma pessoa que se importa com os fracos e desamparados, mesmo que sejam apenas insetos.

De repente penso: *É estranho que até a mosca esteja de volta. Será que ela também vai desaparecer hoje ou o glitch já foi corrigido?*

Depois não penso em mais nada. Concentro-me em causar uma boa impressão. Sou Heidi Hallberg, estrela de *Em casa com os Hallberg,* o maior reality show da Suécia. É a nós que as pessoas recorrem para ter um vislumbre da realidade.

Abro um sorriso para a câmera.

Este livro foi impresso nas oficinas gráficas da Editora Vozes Ltda.,
Rua Frei Luís, 100 – Petrópolis, RJ.